AᵗV

AMY MYERS wurde 1938 in Kent geboren. Sie studierte an der Reading University englische Literatur, arbeitete als Verlagslektorin und war bis 1988 Direktorin eines Londoner Verlages. Seit 1989 ist sie freischaffende Schriftstellerin. Sie ist mit einem Amerikaner verheiratet und wohnt in Kent. Amy Myers schreibt auch unter dem Namen Harriet Hudson und Laura Daniels.

In ihren ersten Ehejahren arbeitete ihr Mann in Paris, und sie pendelte zwischen London und der französischen Hauptstadt hin und her. Neben vielen anderen Dingen mußte sie nun lernen, sich auf französischen Märkten und den Speisekarten französischer Restaurants zurechtzufinden. Dabei kam ihr die Idee, einen französischen Meisterkoch zum Helden eines klassischen englischen Krimis zu machen: Auguste Didier war geboren. 1986 veröffentlichte sie ihren ersten Kriminalroman »Mord im Dienstbotenzimmer«, 1987 folgte »Mord im Rampenlicht«, 1989 »Mord im Club«, 1991 »Mord in Cannes«, 1992 »Mord als Vorspeise« und »Mord unterm Tannenzweig«, 1994 »Mord im Pavillon«, 1995 »Mord in der Music Hall« und 1996 »Mord im Motorclub«. In ihnen allen beweist sich Auguste Didier als exzellenter Koch und Detektiv.

Auf einem Bankett aus Anlaß des sechzigsten Thronjubiläums von Königin Victoria sieht sich Meisterkoch und Detektiv Auguste Didier mit dem Versuch konfrontiert, den perfekten Mord zu begehen. Bei einem Picknick mit der von vielen Verehrern umschwärmten Daisy muß er zu seinem Leidwesen herausfinden, wie deren Gesellschafterin zu Tode kam. Und als er für sein geplantes Kochbuch »Dinieren mit Didier« einen Verlag sucht, begegnet er nicht nur einem recht befremdlichen Geschäftsgebaren, sondern steht nach kurzer Zeit vor der Leiche des Verlegers. All diese schwierigen Fälle löst Auguste Didier diesmal ganz allein, ohne die Hilfe seines Freundes Egbert Rose von Scotland Yard. Sogar Sherlock Holmes zieht seine berühmten, an der Kochkunst geschulten kriminalistischen Methoden zum Vergleich heran, als er und Dr. Watson mit einer Aufgabe von staatstragender Bedeutung betraut werden.

Im letzten der kleinen Krimis führt uns Amy Myers zurück in die Antike, und wir erleben die ebenso leichtlebige wie raffinierte Aphrodite als geschickte Detektivin.

Amy Myers

Mord auf dem Bankett

Kleine Krimis

Aus dem Englischen übersetzt

Aufbau Taschenbuch Verlag

Originaltitel der Erzählungen
Murdering Mr. Boodle/Till Death
Us Do Part or Murder at the Picnic/Murder at the Jubilee/
The Case of the Faithful Retainer/Aphrodite's Trojan Horse or
Murder on Mount Ida

ISBN 3-7466-1480-5

1. Auflage 1997
© Aufbau Taschenbuch Verlag GmbH, Berlin
© 1997 Amy Myers
Published by Arrangement with Author
Umschlaggestaltung Preuße & Hülpüsch Grafik Design
unter Verwendung eines Fotos von AKG Berlin
Satz LVD GmbH, Berlin
Druck Elsnerdruck GmbH, Berlin
Printed in Germany

Inhalt

Mord an Mr. Boodle

»Geld? Aber mein lieber Mr. Didier!« Gervase Budd war schok-
kiert, zutiefst gekränkt, weil man ihn in seinen ausführlichen
Darlegungen unterbrochen hatte. Die Weste mit dem Weiden-
muster zitterte über seinem runden Bauch, so erregt war er.
»Um solche Details kümmert sich mein Partner, Mr. Boodle.«

Auguste überlegte. Hatte er unabsichtlich einen ungeschrie-
benen Kodex verletzt, als er sich über finanzielle Bedingun-
gen zu erkundigen versuchte – einen Kodex, welcher jedem
Gentleman, der dieses Heiligtum betrat, bekannt war, nicht
aber einfachen Chefköchen wie ihm? Als das ehrwürdige Verlagshaus mit ihm in Verbindung getreten war, hatte Mr. Budd
ihm zu verstehen gegeben, daß, hätte das 16. Jahrhundert das
Glück gehabt, das Unternehmen Messrs. Boodle, Budd & Farthing hervorzubringen, Mr. William Shakespeare nicht länger
nach einem Verleger hätte Ausschau halten müssen, für den
die Autorschaft seiner Werke über jeden Zweifel erhaben war
und der überdies Mr. Shakespeares Witwe ein erheblich üppi-
geres Entgelt zugestanden hätte als sein zweitbestes Bett.
Welch besseres Verlagshaus konnte sich an der Schwelle des
20. Jahrhunderts der Aufgabe weihen, Augustes zehnbändi-
ges *magnum opus* »Dinieren mit Didier« unsterblich zu machen?

»Und werde ich Mr. Boodle sprechen können?« Auguste beobachtete sein Gegenüber. Mr. Budd hatte mit jener Herzlich-
keit geredet, die Auguste so oft bei Hilfsköchen antraf, wenn
sie ihm versicherten, es gäbe nicht die geringsten Probleme
mit den Vorspeisen, obwohl das überhaupt nicht stimmte.

»Ah, Mr. Popple, seien Sie willkommen«, rief Gervase Budd
sichtlich erleichtert, als jetzt ein etwa zwanzigjähriger junger
Mann ins Zimmer trat, dessen kunstvoll frisierte Haarmähne
unwillkürlich den Gedanken an ein Leben ständiger Aus-

schweifungen erweckte. »Mr. Didier, darf ich Ihnen Mr. Clarence Popple vorstellen, unseren hoffnungslo – ah«, Mr. Budd wischte sich mit einem dekorativen roten Seidentaschentuch die Stirn – »unseren hoffnungsvollen Dichter.«

»Ein Dichter kann alles überleben, nur keinen Druckfehler«, sagte Clarence mit süßem Lächeln.

»Ah ja. Ich erinnere mich, das ist ein Ausspruch des lieben Oscar«, säuselte Mr. Budd.

Clarence warf ihm einen bösen Blick zu. »Mr. Budd wird mir die Ehre erweisen, meine Gedanken über das Leben zu veröffentlichen.«

»Ein weiser Entschluß.« Auguste entschied sich für diplomatisches Verhalten, obwohl er insgeheim fand, die Gedanken dieses jungen Mannes seien für das Leben vermutlich von etwa dem gleichen Belang wie Francatellis Meisterwerke für eine Suppenküche.

Gervase Budd erhob sich, wobei sein Gehrock über seinem Bäuchlein auseinanderklaffte. »Wollen wir ein Glas Portwein trinken, meine Herren, während wir auf unsere anderen zukünftigen Autoren warten?«

Er zauberte eine geschliffene Glaskaraffe hervor, fast so, wie Maskelyne und Devan ihre magischen Tricks vollführten. Auguste sah es mit Unbehagen. Er empfand eine ausgesprochene Abneigung dagegen, seinen Gaumen vor dem ersten großen Abenteuer des Tages, dem Mittagessen, zu malträtieren, und betrachtete das Glas, von dem Mr. Budd offenbar annahm, es enthalte göttlichen Nektar, ohne jede Begeisterung.

»Ich rezitiere jetzt meine Ode an einen goldenen Karpfen«, verkündete Clarence Popple.

Seine Wertschätzung der Kochkunst verdiente immerhin Anerkennung, dachte Auguste tolerant. Der Karpfen war der König der Fische, ein Fisch von beachtlicher Kraft und Langlebigkeit. Erst als Clarence mit seiner Rezitation begann, ging Auguste auf, daß er wahrscheinlich Karpfen statt Harfe verstanden hatte.

»Meine Muse, sie singt . . .«

Augustes Interesse erlosch sofort, aber Mr. Budd lächelte

strahlend während des ganzen Vortrags, wenngleich seine glasigen Augen an die eines zubereiteten Karpfens erinnerten. Sein Blick belebte sich indessen, als jetzt eine dritte Person ins Zimmer trat. Auguste kam es jedoch so vor, als sei Mr. Budd nicht so sehr gelangweilt als vielmehr insgeheim mit etwas anderem beschäftigt gewesen: irgend etwas schien ihn zu bedrücken.

»Ah, Miss Mellidew«, begrüßte Gervase die Neuangekommene.

Auguste erhob sich, begierig, die berühmte Königin der Leihbibliotheken kennenzulernen, die Autorin des Romans »Cecilias Aufenthalt in der Sahara« (drei Bände, Oktavformat, mit Illustrationen, Heart & Whitestock, London 1875) und anderer lesenswerter Romane. »Cecilia« war von ungeheuren Mengen von Lesern verschlungen worden, und fortan war jedem Wort, das aus Millicent Mellidews Feder floß, der Absatz sicher gewesen. Dreibändige Romane mochten in der Gunst des Publikums vielleicht nicht mehr so hoch stehen wie einst, aber das galt nicht für Werke, die mit ihrem Namen verbunden waren.

»Liebe Miss Mellidew, oder sollte ich Cecilia sagen?«

Mr. Budds Schelmerei verfehlte ihre Wirkung, denn Miss Mellidew war sichtlich erregt, als sie dieses männliche Heiligtum betrat, wiewohl sie jetzt beträchtlich älter als die Heldin ihres Romans war.

»Ich bin entzückt, Sie kennenzulernen, Miss Mellidew«, sagte Auguste ganz aufrichtig, während sie nervös eine mausgraue Haarlocke zurückschob, die sich unter ihrem altmodischen reichgeschmückten Hut hervorgestohlen hatte. Das künstliche Rotkehlchen, das ihn zierte, blickte ihn drohend an, als wolle es dagegen protestieren, daß sein Nest ohne Rücksicht auf den Bewohner und dessen Bequemlichkeit auf ihren Kopf gequetscht worden war. »Ich habe ›Cecilia‹ natürlich gelesen. Dürfen wir eine Fortsetzung erwarten?«

Mr. Budd strahlte. Er betrachtete das als einen ihm gezollten Tribut, weil er Miss Mellidew scharfsinnig dazu überredet hatte, sich einem neuen Verleger anzuvertrauen.

»Oh!« Millicent Mellidew rang nach Atem. »Mir liegt so sehr an männlichen Lesern!« Sie lächelte unsicher. »Doch ich fürchte, Lambkin würde seine Cecilia recht verändert finden.«

Nach Augustes Ansicht konnte der einfältigen Zierpuppe Cecilia jede Veränderung nur gut tun, und die Jahre, in denen sich Scheich Hamid der Glänzende den Köstlichkeiten der arabischen Küche hingegeben hatte, waren möglicherweise auch nicht ohne Wirkung auf seine prachtvolle Physis geblieben.

»Ganz gewiß nicht.« Gervase Budd wollte sich den zum Greifen nahen Siegespreis nicht entgehen lassen. »Die wahrhaft Schönen siegen über die Zeit.«

Miss Mellidew blickte ihrem zukünftigen Verleger scharf in die Augen. »Vorausgesetzt, sie erhalten ihren gerechten Lohn«, flüsterte sie bescheiden. »Welche Konditionen schlagen Sie vor?«

Auguste fühlte sich versucht, ihr zu applaudieren. Clarence tat es ohne falsche Scheu. »Bravo, Miss Mellidew«, rief er begeistert.

Mr. Budd schien keineswegs erschreckt. »Großzügige, liebe Dame, sehr großzügige, da können Sie sicher sein. Ah, da sind Sie ja, General.«

Die Besprechung war für zwölf Uhr angesetzt worden, und jetzt war es ein Viertel nach zwölf. Kein Wunder, daß es so lange gedauert hatte, Mafeking zu entsetzen, mußte Auguste unwillkürlich denken, wenn die Organisation derart mangelhaft war.

»Selbstverständlich. Ich bin Soldat, Sir.« General Eric Proudfoot-Padbury, ein hochgewachsener hagerer Mittfünfziger mit einem sorgfältig gelockten Schnurrbart, wie er sich auf Gedenkplaketten gut ausnahm, musterte alle Anwesenden mit durchdringendem Blick.

»Möchten Sie ein Glas Portwein, General?«

»So'n Zeug rühre ich nicht an. Brandy und Soda.«

Mr. Budds joviales Gesicht verdüsterte sich, während er zögernd einen Wandschrank öffnete, eine Flasche herausnahm, eine kleine Menge in ein Glas goß und die Flasche wieder in den Schrank zurückstellte. Der General schnaubte verächtlich.

»Ich vertraue darauf, daß das Geld bei Ihnen reichlicher fließt als der Alkohol, Budd. Meine Memoiren wären ein bedeutender Beitrag zur Zeitgeschichte, sagten Sie mir. ›Die Zeit marschiert beim Trommelschlag‹«, wandte er sich selbstzufrieden an Miss Mellidew. Clarence und Auguste übersah er. Dichter wurden nur solche Geschöpfe, die für den Militärdienst untauglich waren, und simple Köche zählten ebensowenig wie Offiziersburschen. Armeen marschierten zwar nur mit gefülltem Magen, aber womit dieser Magen gefüllt wurde, war unwichtig.

»Aber gewiß doch«, schnurrte Gervase Budd, setzte sich an seinen Schreibtisch und legte die Hände mit besitzergreifender Geste auf die Platte – ein vergeblicher Versuch, deutlich zu machen, daß mit ihm, dem Verlagshaus, dessen zukünftigen Autoren und der ganzen Welt alles zum Besten stand.

»Der alte Boodle hält nach wie vor den Daumen aufs Portemonnaie, nicht wahr?«

Gervase Budd fuhr zusammen. »Sie wissen von Mr. Boodle?« In seiner Stimme lag eine gewisse vorsichtige Reserve. »Ja, in der Tat, Boodle, Budd & Farthing dürfen sich immer noch glücklich schätzen, seine Dienste in Anspruch nehmen zu können.«

»Wer ist Mr. Boodle?« erkundigte sich Auguste.

»Mr. Boodle ist *der* Mr. Boodle«, informierte ihn Mr. Budd ehrfurchtsvoll. »Ich bin der Juniorpartner.« Mr. Budds Umfang und Alter ließen dieses Wort sofort unpassend erscheinen. »Der ursprüngliche Budd war mein Vater. Ich sehe mein kleines Büro gern als Tempel der Kunst, aber regiert werden wir von dem kaufmännischen Scharfsinn und der Weisheit Mr. Boodles.«

»Und Mr. Farthing?« fragte Miss Mellidew.

»Der liebe Mr. Farthing zog sich aus dem Unternehmen zurück, nachdem er sein Schäfchen im trockenen hatte.« Gervase Budd kicherte über seinen kleinen Witz und verstummte abrupt, weil niemand sonst lachte. »Als ich, ein unbedarfter Jüngling von zwanzig Jahren, hier meinen Einzug hielt, leitete mich Mr. Boodles Wohltäterhand. Gottlob hat diese Hand seitdem immer das Steuer gehalten.«

»Dann werde ich die Einzelheiten eines eventuellen Vertrages mit Mr. Boodle besprechen«, erklärte Auguste ruhig. Verhandlungen mit Verlegern konnten sich schließlich nicht allzusehr von Verhandlungen mit Fleischern unterscheiden. Die Qualität des gelieferten Fleischs bestimmte den Preis.

»Sie können sich darauf verlassen, Mr. Didier, daß wir hier bei Boodle, Budd & Farthing wissen, was wir der Zukunft schuldig sind. Die geistige Nahrung von heute nährt die englischen Männer und Mütter von morgen.«

»Bravo«, rief Miss Mellidew kühn. Sie war sichtlich bewegt. »Ich freue mich, daß Sie den Frauen den Platz zuerkennen, der ihnen zusteht. Das erwarte ich von einem Verleger. Ich habe manchmal das Gefühl, daß Romanautorinnen nicht die gebührende Anerkennung zuteil wird. Ich hoffe doch, Sie denken in keiner Hinsicht gering von Frauen, Mr. Budd?«

»Aber gewiß nicht, meine Liebe«, versicherte ihr Mr. Budd mit Nachdruck. »Wir haben ja auch eine Dame im Empfang, Miss Violet Watkins. Sie haben sie sicherlich gesehen, als Sie gekommen sind, und auch unseren hochgeschätzten Pförtner, Mr. Wallace.«

Clarence war offensichtlich zu der Ansicht gelangt, er sei jetzt lange genug von der Unterhaltung ausgeschlossen gewesen. »Meine Lyrik wird das Leben der Bourgeoisie bereichern«, erklärte er träge.

»Aber ganz gewiß, Mr. Popple«, versicherte ihm Mr. Budd.

»Ich habe meiner Sammlung den Titel gegeben: ›Gedichte für die Nachwelt‹.«

»Ah.« Ein Schatten zog über Mr. Budds Gesicht. »Und dürfte ich fragen, welcher Titel Ihnen für Ihren Roman vorschwebt, Miss Mellidew?«

»»Mildreds Missionar‹.«

»Aha.« Gervase Budds Miene verdüsterte sich noch mehr. »Eine Geschichte voller Romantik und voller Leidenschaft, die keine Erfüllung findet?« erkundigte er sich ohne große Hoffnung.

»Ein Priester, hin und her gerissenen zwischen Liebe und Pflicht.«

»Meine liebe Miss Mellidew!« Tränen der Dankbarkeit traten

Mr. Budd in die Augen, als sich dieser unerwartete geschäftliche Silberstreif am Horizont abzeichnete. »Aber dürfte ich Ihnen dennoch einen anderen Titel vorschlagen?«

»Nein, dürfen Sie nicht.«

»In meinen Memoiren«, brüllte der General, als Mr. Budd nicht das mindeste Interesse an »Die Zeit marschiert beim Trommelschlag« erkennen ließ, »geht es hauptsächlich um die Niederlage bei Isandhlwana.«

Mr. Budd erbleichte entsetzt. »Ich dachte, Sie hätten den Oberbefehl bei Rorke's Drift gehabt«, rief er, dieweil die Aussichten auf reißenden Absatz sich vor seinen Augen in Nichts auflösten.

»Rorke's Drift wird immer überschätzt«, knurrte sein zukünftiger Autor. »Aber Isandhlwana, der Sudan …« Er sprach mit dröhnender Stimme weiter, während ihn Budd mit wachsender Bestürzung ansah. Fatal, fatal – offenbar war der General bei jeder Niederlage, die die britische Armee in jüngster Zeit hatte einstecken müssen, dabei gewesen.

»Und Sie, Mr. Didier«, wandte sich Budd erregt an Auguste, »dürfen wir darauf hoffen, etwas über die von den Spitzen der Gesellschaft bevorzugten Gerichte zu erfahren? Erwähnen Sie den Prince of Wales, vielleicht sogar Ihre Majestät?«

»Leider nicht«, erwiderte Auguste freundlich. »Mein beruflicher Ehrenkodex, verstehen Sie.«

»Ah, aber unser Vorschuß –«

»Wieviel Vorschuß auf die Tantiemen zahlen Sie denn nun, Mr. Budd?« fragte Miss Mellidew. Obwohl sie einen schüchternen Eindruck machte, fiel Auguste auf, daß ihre Stimme ein wenig scharf wurde, wenn die Rede auf Geld kam.

»Ah, Mr. Boodle hat eine ganz demokratische Verfahrensweise angeordnet«, erklärte Mr. Budd mit nervösem Stolz. »Bei Boodle, Budd & Farthing erhält jeder Autor den gleichen Vorschuß, so daß die bereits bekannten Autoren unsere jüngeren, weniger erfahrenen Autoren auf solche Weise fördern und unterstützen können.«

Während Auguste darüber nachdachte, wie er auf diese etwas befremdliche Idee (die Fleischern völlig fremd war) reagieren sollte, sah er, wie sich Clarence Popples gleichgültiger Blick plötzlich belebte ob der Aussicht, in den Besitz einer Summe zu gelangen, die die Erwartungen der meisten hoffnungsvollen Dichter bei weitem übertraf. Miss Mellidew hingegen hegte sichtlich ernsthafte Zweifel, was Mr. Boodles Zurechnungsfähigkeit betraf, und die Miene des Generals war ausgesprochen eisig. In der britischen Armee wurde Demokratie selten praktiziert.

»Wieviel?« fragte er.

»Mr. Boodle wird –«

»Wieviel?« Miss Mellidews Stimme klang plötzlich schneidend scharf.

Mr. Budd gab sich geschlagen. »Fünfundzwanzig Pfund.« Er blickte von einem versteinerten Gesicht zum anderen und räusperte sich. »Ich werde mit Mr. Boodle sprechen . . .«

»Ich fürchte, ich kann mich damit nicht einverstanden erklären«, verkündete Miss Mellidew. »Mildreds Missionar‹ verdient dasselbe Honorar wie Lambkin.«

»Kunst, Miss Mellidew, ist Kunst. Und natürlich zahlen wir Tantiemen. Für die Einunddreißig-Shilling-Sechs-Pence-Ausgabe, die Sechs-Shilling- *und* die Zwei-Shilling-Ausgabe«, sagte Mr. Budd schmeichelnd.

Auguste beschloß, sich auf die Seite des Missionars zu schlagen. »Ich für meine Person würde einen Vorschuß erwarten, der den erheblichen Kosten entspricht, die mir entstanden sind«, sagte er. Den Luxus, Trüffel für Experimentierzwecke zu kaufen, konnte er sich in seinem Junggesellenleben nicht gestatten. »Dinieren mit Didier« durfte jedoch unter keinen Umständen eine Qualitätsminderung erleiden.

»Und wann wird Mr. Boodle für uns zu sprechen sein?« fragte der General grimmig.

»Mr. Boodle ist ein sehr vernünftiger –« Gervase hielt erschrocken inne. Auf der Straße direkt unter seinem Fenster war dumpfes Stimmengewirr plötzlich zu einem wüsten Lärm eskaliert: Gebrüll und Fäustetrommeln gegen die Haustür – unerhört in diesem stillen, gregorianisch vornehmen Teil Londons. »Was ist denn das?«

Auguste trat ans Fenster und blickte auf die Straße hinunter.

»Eine ziemlich große Menschenmenge versucht offenbar, sich Einlaß in Ihr Haus zu verschaffen«, sagte er interessiert. »Ich finde, Sie sollten das untersuchen, Mr. Budd.«

»Nein!« Gervase Budds Gesicht war aschfahl. »Sicherlich sind es bloß Leute, die ›Steadfasts letztes Gefecht‹ kaufen wollen. Ein außerordentlich erfolgreiches Buch von Mr. Arnold Hope, erst unlängst erschienen.« Seine Stimme schwankte, als ihn vier zukünftige Hausautoren zweifelnd ansahen. »Mr. Hope ist im Augenblick derjenige unserer Autoren, der sich am besten verkauft«, setzte er hinzu.

Clarence trat neben Auguste. Keine Spur mehr von müder Gleichgültigkeit. »Das muß ich Arnold erzählen«, griente er. »Dann geht er mit mir ins Ritz essen.«

»›Steadfasts letztes Gefecht‹ ist offenbar ein Renner bei Damen wie bei Herren, egal ob jung oder in gereiften Jahren«, sagte Auguste und blickte auf Schirme und Spazierstöcke hinunter, die in militärischem Gleichmaß drohend hin und her wogten.

»Sie verlangen Mr. Boodle zu sprechen«, rief Clarence entzückt, während Miss Mellidew sich mit Hilfe ihrer Ellbogen zwischen ihn und Auguste drängte.

»Mr. Boodle?« Gervase Budd lachte heiter. »Mein Gott, wie konnte ich das vergessen! Es ist Mr. Boodles Geburtstag«, verkündete er triumphierend. »Sicherlich sind das seine Bewunderer, die ihm ihre Glückwünsche überbringen wollen.«

Der General machte seine Autorität geltend und schob Auguste und Miss Mellidew just in dem Augenblick beiseite, in dem eine wohlgezielte Ladung Glückwünsche in Gestalt verfaulter Früchte vor ihm an die Fensterscheibe klatschte. Er wich hastig zurück. Hinter ihnen flog die Tür auf, und eine zu Tode erschreckte Miss Violet Watkins schlitterte herein und kam erst vor dem Schreibtisch ihres Arbeitgebers zum Stehen. Alles an ihr zitterte vor Erregung, von ihrem adretten braunen Haarknoten bis hinunter zu den Knöpfen an ihren Stiefeln.

»Ich war immer ganz loyal, Mr. Budd«, stieß sie mit erstick-

ter Stimme hervor. »Dreißig Jahre lang loyal. Aber jetzt bestehen unsere Autoren darauf, augenblicklich mit Mr. Boodle zu
sprechen. Sonst kommt es zu einer Schlägerei, Mr. Budd. Mr.
Wallace kann sie nicht zurückhalten. Mr. Boodle lehnt es ab,
mit ihnen zu reden, da er mit der Aufstellung der jährlichen
Tantiemen beschäftigt ist. Aber die Leute werden wirklich
ausfallend, Mr. Budd. Was soll ich tun?«

Gervase Budd erhob sich und zeigte sich der Situation pracht-
voll gewachsen. »Mr. Boodle muß um jeden Preis geschützt
werden. Seien Sie so freundlich und bitten Sie Mr. Simmonds
aus der Herstellung, Mr. Jones aus der Subskriptionsabteilung
und Mr. Catling aus dem Lektorat, Mr. Wallace zu Hilfe zu kommen.« Wieder einmal wurden die Dienste des rotseidenen Ta-
schentuchs in Anspruch genommen.

»O Gott, o Gott …« Miss Watkins' Gejammer, als der Lärm
unten weiter anschwoll, hätte Cecilia in der mittleren Sahara
alle Ehre gemacht.

»Vorwärts, Budd. Wir stehen alle hinter Ihnen«, verkündete
der General. Der Ruhestand war zu Ende, nun, da neue kriege-
rische Ehren winkten.

»Nein!« Mr. Budds Schrei klang geradezu herzzerreißend.

»Dann gestatten Sie, daß ich für Sie gehe«, erbot sich Auguste
sofort und eilte zur Tür. Mr. Budd jedoch war noch schneller,
er kam dem General zuvor, und zu seiner Überraschung fand
Auguste sich und Mr. Budd draußen vor der Tür, während die
anderen drei noch drinnen im Zimmer waren. Zu seiner noch
größeren Verwunderung schloß Mr. Budd die Tür ab. Er fing
Augustes fassungslosen Blick auf und versuchte, Gleichmut zu
zeigen.

»Nur zu ihrer Sicherheit«, erklärte er leichthin. »Ich möchte
nicht, daß sie irrtümlich für Mr. Boodle gehalten werden.«

»Sie meinen, dann würden die Glückwünsche die falschen
Adressaten treffen?«

Gervase schien ihn nicht zu verstehen.

»Es ist Mr. Boodles Geburtstag«, erinnerte ihn Auguste ernst.
Er mußte jetzt schreien, um das Tohuwabohu unten zu übertö-
nen. Die Worte »Polizei«, »das Gesetz«, »sofort einschreiten« und

»Forderung« waren deutlich zu verstehen, dazwischen einige sehr viel unhöflichere Ausrufe.

»Na so was«, sagte Gervase nervös und folgte Auguste zögernd an der geheiligten Tür vorbei und dann treppabwärts, dem Desaster entgegen. »Sie sind gekommen, um Mr. Boodle seine Geburtstagsgeschenke zu überreichen.« Aus seiner Stimme klang Verzweiflung.

Unter ihm auf der Wendeltreppe, die sich durch die vier Stockwerke des Verlagshauses wand, konnte Auguste Miss Watkins sehen, die mit ausgestreckten Armen der andrängenden Meute so wirksam den Weg versperrte, wie Horatius seine Pfahlbrücke gegen den Etrusker Posenna verteidigt hatte. Die Vorhut von Mr. Boodles Bewunderern überflutete den Treppenpodest im ersten Stockwerk und kam zum Stehen, als sie die Stärke der Verteidigung erkannte.

»Mr. Boodle arbeitet«, kreischte Miss Watkins. »An den Abrechnungen für *Ihre* Tantiemen. Er darf nicht gestört werden. Die Abrechnungen werden …« sie zögerte einen Augenblick und verkündete dann mit fester Stimme : »… *morgen* bei Ihnen sein.«

Von hinten konnte Auguste die muskulöse Gestalt von Mr. Wallace sehen, der die Zaghafteren unter den Belagerern bereits zurückdrängte, und die offensichtlich in Verwirrung geratene Gruppe verließ schließlich erst knurrend, dann flüsternd Mann für Mann die heiligen Hallen des Verlagshauses Boodle.

»Mir scheint, sie waren nicht gut organisiert«, sagte Auguste. »Vielleicht hätte ich hier eine Aufgabe?«

Der Blick, mit dem ihn Mr. Budd maß, spiegelte tiefe Abneigung. »Bitte machen Sie keine Scherze, Mr. Didier.« Seine breite, sich heftig hin und her wiegende Rückseite bewegte sich wieder die Treppe hinauf. Auguste, der ihm mit raschen Schritten folgte, fühlte sich allmählich wie die Tochter des Leuchtturmwärters in dem alten melodramatischen Volksstück. Offensichtlich war »Dinieren mit Didier« ein abenteuerlicheres Unterfangen, als er bisher angenommen hatte, überlegte er, als er den Lärm hinter der zugeschlossenen Tür von Mr. Budds Büro hörte.

»Ich muß schon sagen, Mr. Budd –« Die Tür wurde aufgeschlossen, und eine hysterische Miss Mellidew kreischte: »Ich bin eine alleinstehende Dame! Mich mit zwei fremden Herren zusammen einzusperren, das ist wohl kaum ein Verhalten, das man von seinem künftigen Verleger erwartet!«

»Ich bin sicher, Mr. Popple und der General sind ebenso galant wie Lambkin – eh – Scheich Hamid der Glänzende.« Gervase Budd versuchte sich wieder weltmännisch zu geben.

Es gelang ihm nicht. Miss Mellidew richtete einen eisigen Blick auf den bohèmehaften Clarence und den apoplektischen General Proudfoot-Padbury. Ein noch eisigerer Blick fiel auf Mr. Budd.

»Darf ich Sie daran erinnern, daß Lambkin ein echter Gentleman war; er war beinahe ein Engländer, hatte in Oxford studiert, kannte seinen Shakespeare und seinen Keats, war Offizier der britischen Armee und wurde mit dem Victoria-Kreuz ausgezeichnet. Dann kehrte er in sein eigenes Land zurück, in seine geliebte Wüste, um dort seine Pflicht zu tun.«

»Der verdammte Kerl hatte mehrere Frauen. Das ist in der britischen Armee nicht erlaubt«, schnarrte der General.

Miss Mellidew errötete tief. »Das, General, war ja der Grund, warum sie sich trennten. Obwohl Lambkin Cecilia aufrichtig, leidenschaftlich, unendlich liebte, mußte er pflichtgemäß nach dem moslemischen Gesetz heiraten. Und dennoch war er für Cecilia der Inbegriff der Ritterlichkeit. – Und ich freue mich«, setzte sie anzüglich hinzu, »daß Sie mein kleines Buch gelesen haben, General.«

»Meine Frau hat's gelesen«, knurrte der General, der sich ertappt fühlte. »Ich habe nur einen Blick hineingeworfen. Ich dachte, es wäre Jorrocks.«

»Im Leben«, säuselte Clarence scheinheilig, »sollte man alles ausprobieren, alles lesen und jeden kennenlernen.«

»Auch Mr. Boodle. Und zwar jetzt«, erklärte der General entschlossen.

Auguste kam ihm zu Hilfe. »Auch ich muß gestehen, daß ich ein wenig neugierig auf Mr. Boodle bin, Mr. Budd.«

»Gestatten Sie mir, Sie zuerst mit unseren übrigen getreuen

Angestellten bekanntzumachen«, sagte Gervase Budd schnell und fast schon wieder Herr seiner selbst. »Dann werde ich feststellen, ob Mr. Boodle bereit ist, Ihnen ein paar Augenblicke seiner Zeit zu widmen.«

»Nett von Ihnen«, brummte der General.

»Der Verlagsbuchhandel«, fuhr Mr. Budd bekümmert fort, »durchlebt im Augenblick sehr schlechte Zeiten. Die billigen Sechs-Penny-Bücher haben das Geschäft ruiniert. Mr. Jones aus der Subskriptionsabteilung hat mich zuverlässig darüber unterrichtet, daß der Tod der Branche unmittelbar bevorsteht.«

»Tatsächlich? Ich war der Meinung, daß die neue Preisbindungs-Vereinbarung, die die Verleger so nachdrücklich gefordert haben, die Branche rettet«, sagte Auguste boshaft.

»Sie ist eine Verbesserung«, gab Mr. Budd hastig zu, »aber nur ein Tropfen auf den heißen Stein. Wir haben noch einen langen Weg vor uns, Mr. Didier, einen sehr langen Weg.«

»Trotz Arnold Hopes ›Steadfasts letztes Gefecht‹?« fragte Clarence unschuldig und zwinkerte Auguste höchst unpoetisch zu. »Er wird sicherlich sehr traurig sein, wenn er hört, wie pessimistisch Sie die Sache sehen.«

»Ah, Mr. Popple, Sie sind ein enger Freund von Mr. Hope. Selbstverständlich gibt es bei Büchern in der Qualität, wie Mr. Hope sie schreibt, keinerlei Absatzprobleme.«

»Liebesromane werden auch immer verlangt«, erinnerte ihn Miss Mellidew streng.

»Bücher über Essen genauso«, warf Auguste ein. Nach seiner Ansicht hatte dieses Thema Vorrang vor allem anderen.

»Miss Mellidew, gestatten Sie, daß ich vorangehe ...« Mr. Budd machte diesem unbotmäßigen Gespräch seiner zukünftigen Autoren über Absatzchancen rasch ein Ende, indem er aus dem Zimmer eilte. Er riß die Tür zu einem Büro auf, das ebenfalls im vierten Stockwerk des hohen, schmalen Verlagshauses lag. »Das hier ist das Sitzungszimmer, in dem Mr. Boodle, die Angestellten und ich über den Geschäftsgang des Unternehmens diskutieren. Wir sind stolz auf unseren demokratischen Stil.«

Auguste schien es, als werde dieser Raum nicht allzu oft benutzt. Er war düster, lag im Schatten des Hauses gegenüber, und den großen Tisch bedeckte eine ins Auge fallende Staubschicht. Das Porträt von Mr. Budd Senior starrte angewidert darauf, und sein Sohn schloß hastig die Tür und stieg zum dritten Stock hinunter. Hier befand sich das geheiligte Zimmer von Mr. Boodle, nach dem gravierten Messingschild zu schließen oder nach dem, was Auguste davon sehen konnte, denn Mr. Budd hatte sich vor der Tür aufgebaut, so daß es für alle ziemlich schwierig war, sich in dem engen Korridor an seinem Bauch vorbeizuschlängeln. Nachdem Mr. Budd Mr. Boodles private Sphäre auf diese Weise gesichert hatte, führte er seine Schäflein wieder die Treppe hinunter, zu einem der zwei Büros im zweiten Stock.

»Mr. Simmonds, die Herstellung«, verkündete er und stieß die Tür auf.

Die Erklärung war überflüssig. Die beiden Tische waren mit Photographien, Linealen, Stößen von Manuskripten und Druckfahnen übersät. Auf dem einen Tisch stand eine Remington-Schreibmaschine, an dem anderen arbeitete fieberhaft ein Mann mit graumeliertem Haar und Schnurrbart. Er warf den Besuchern einen kurzen Blick aus einem Auge zu, in dem ein Monokel blitzte, und wandte sich dann wieder der vor ihm liegenden Arbeit zu. »Oktavformat«, murmelte er geheimnisvoll. »Velinpapier – ich brauche Velinpapier, Mr. Budd. Nur das allerbeste für die Autoren von Boodle, Budd & Farthing.«

»Sollen Sie kriegen, Mr. Simmonds«, rief sein Chef strahlend. »Darf ich Ihnen vier neue Autoren vorstellen?«

Mr. Simmonds neigte sein Haupt. »Hoffentlich haben Sie alle die Dienste einer Stenotypistin in Anspruch genommen?« fragte er mit hoher, zitternder Stimme.

»Meine Handschrift ist ausgezeichnet«, erklärte Millicent Mellidew mürrisch. »Ich halte nichts von solchen modernen Erfindungen.«

»Und ich bin Lyriker«, sagte Clarence seelenvoll. »Meine Feder ist meine Lyrik.«

»Meine Frau tippt meine Manuskripte«, rief der General mit dröhnender Stimme vom Flur her, wo Mr. Budd seine zukünftigen Autoren aufgestellt hatte, auf daß der glatte Geschäftsgang von Boodle, Budd & Farthing keine Unterbrechung erleide. »Alle Farthings verstehen sich ganz ausgezeichnet auf solche Hilfsarbeiten.«

Mr. Budd fuhr zusammen. »Farthings?« wiederholte er vorsichtig. »Mein lieber General, meinen Sie die Familie Farthing?«

»Jawohl, Sir. Meine Frau ist William Farthings Schwester.«

In diesem Augenblick des Triumphs, den der General voll auskostete (es war einer der wenigen in seiner Karriere), hatte Auguste das deutliche Empfinden, daß Eric Proudfoot-Padbury nur auf eine Gelegenheit gewartet hatte, diese Mitteilung anzubringen. General wurde man nicht zufällig.

»Ah.« Gervase Budd faßte sich wieder und rieb sich mit etwas gezwungener Bonhomie die Hände. »Wie geht es dem lieben Mr. Farthing?«

»Tot. Ohne daß er je sein Geld von Mr. Boodle bekommen hätte«, sagte der General grimmig.

»Es tut mir wirklich sehr leid zu hören, daß er nicht mehr unter den Lebenden weilt«, stotterte Mr. Budd. »Ich hatte eine hohe Meinung von Mr. Farthing, und Mr. Boodle ebenfalls«, setzte er unbedacht hinzu.

»Dann kann Boodle ja den Betrag, den er ihm schuldig blieb, seinen Erben auszahlen.«

Im ganzen war das Treffen mit Mr. Boodle durchaus ergiebig, dachte Auguste erheitert.

»Als nächstes schauen wir bei Mr. Jones von der Abteilung Subskriptionen und Absatz hinein«, verkündete Mr. Budd in munterem Ton, der jede Widerrede ausschloß. Er stieg langsam treppab in den ersten Stock und steuerte dort auf das unter der Herstellung liegende Zimmer zu.

»Von der Buchhandlung Moodie ist eine sehr umfangreiche Bestellung für Mr. Hopes nächstes Buch eingegangen.« Das dunkle Haar und die dunklen Backenkoteletten, die in dem hohen weißen Leinenkragen fast verschwanden, waren nahezu alles, was man von der Tür aus, die Mr. Budd verstellte, von Mr. Jones zu sehen bekam; er saß verschanzt hinter Hauptbüchern und Akten, die den jahrzehntealten guten Ruf und die Vertrauenswürdigkeit von Boodle, Budd & Farthing zu untermauern schienen.

»Fabelhaft. Und wir können stolz darauf sein, daß Miss Mellidews nächster Roman bei uns erscheinen wird.«

»Sehr erfreulich.« Man hätte glauben können, daß Mr. Jones bereits Bestellungen dafür aufschrieb, als er sich wieder in sein Hauptbuch vergrub. Sein Verhalten schien zu sagen: je eher er an seine Arbeit zurückkehrte, desto höher der Absatz. Miss Mellidew hingegen schien nicht ganz so begeistert über die in Aussicht stehende Geschäftsbeziehung zu sein. Auguste fiel auch noch eine andere interessante Einzelheit auf, als er den Blick auf Mr. Jones' Kragen richtete.

Mr. Budd schlug strahlend die Tür zu. »Und nun zurück zum Allerheiligsten: zum Lektorat.« Er trippelte fast auf Zehenspitzen an der durch ein diskretes Schild ausgewiesenen Toilette vorbei und eilte die Treppe wieder hinauf ins nächsthöhere Stockwerk, zum Zimmer gegenüber dem von Mr. Simmonds. Er klopfte an – eine Höflichkeit, die er den anderen Angestellten nicht erwiesen hatte.

»Die Muse darf nicht ohne vorherige Ankündigung gestört werden«, flüsterte er.

Die Muse antwortete sehr bereitwillig in Gestalt von Mr. Catling, dem jüngsten der drei Angestellten, nach seiner flotten Frisur und seinem Bärtchen zu schließen, die beide rostrot waren.

»Ich glaube, ich habe hier ein kleines Juwel vor mir, Mr. Budd.« Offenbar ließ sich Mr. Catling ebensowenig von seinen Pflichten ablenken wie seine Kollegen.

»Fabelhaft, fabelhaft. Mr. Boodle wird entzückt sein über diese frohe Botschaft.« Mr. Budd strahlte vor Freude. »Und damit«, schloß er, offenkundig erleichtert, »endet die Besichtigungstour durch unser kleines Königreich. Lediglich die Lagerhalle im Keller haben Sie nicht gesehen.«

»Was ist mit Mr. Boodle?« fragte Miss Mellidew.

»Zuerst ein kleiner Imbiß«, erklärte Mr. Budd. »Ich hatte an das Romano gedacht –« Clarences Gesicht verriet Entzücken –, »aber dann überlegte ich mir, die Zeit wäre Ihrer Meinung nach sicher besser genutzt, wenn wir über die Details der Buchproduktion sprechen würden.«

»Nein«, protestierte der General schroff.

»Sollen wir in mein Büro zurückkehren?« schlug Mr. Budd mit lauter Stimme vor. Anscheinend hatte er den Einspruch des Generals nicht gehört. »Ein Sherry, und wenn Sie wollen, können wir ein Apfeltörtchen dazu essen.«

»Das Romano«, entschied Clarence.

»Einverstanden«, sagte Auguste, der sich inzwischen köstlich amüsierte. »Der Autor von ›Dinieren mit Didier‹ soll doch wohl nicht mit einem simplen Apfeltörtchen abgefunden werden?«

Niedergeschmettert ob dieser Aussicht vernachlässigte Gervase Budd vorübergehend seine Schäferhundpflichten, und erst als sie in seinem Büro angelangt waren, merkte er, daß eins seiner Schäflein verschwunden war. Seine Augen wurden glasig, so groß war sein Entsetzen.

»Wo ist Miss Mellidew?« schrie er hysterisch.

Der General hüstelte erstaunt, und Clarence kicherte.

»Ich denke, sie hat sich nur für einen Augenblick absentiert«, beruhigte Auguste taktvoll den erregten Mr. Budd. »Sicherlich wird sie gleich wieder bei uns sein.«

Mit dieser Voraussage hatte er recht, doch Miss Mellidew befand sich nicht in einer Verfassung, die Mr. Budd hätte angenehm sein können. Die Tür flog auf, und Millicent fiel beinahe ins Zimmer.

»Er ist tot«, kreischte sie. Auguste erstarrte.

»Tot. Wer ist tot, meine liebe Dame?« rief Gervase Budd und erbleichte sichtlich.

»Mr. Boodle!«

»Wie – wo?« drang Auguste in sie, da Mr. Budd so geschockt war, daß es ihm die Sprache verschlug.

»In seinem Büro. Ich öffnete die Tür, denn ich wollte mit ihm sprechen, und da lag er. Tot.«

»Meine liebe Miss Mellidew.« Gervase Budd faßte sich wieder. »Sie müssen sich irren. Es hat ganz sicher am Licht gelegen. Mr. Boodle erfreut sich bester Gesundheit.«

»Er ist tot, Mr. Budd.« Ihre Stimme zitterte, aber es gab für sie keinen Zweifel.

Auguste erhob sich. »Ich schlage vor, daß ich die Sache untersuche, Mr. Budd.«

»Nein, nein. Sie sind sicherlich ins falsche Zimmer geraten, meine liebe Dame«, protestierte Mr. Budd.

»Es ist doch egal, um welches Zimmer es sich handelt«, rief Auguste gereizt.

»Es war Mr. Boodles Zimmer, und er ist tot«, erwiderte Miss Mellidew unnachgiebig. Vielleicht kam ihr der Gedanke, daß Cecilia sicherlich eine bessere Behandlung als ihrer Schöpferin zuteil geworden wäre, hätte sie halb ohnmächtig angekündigt, daß sie eine Leiche entdeckt habe.

»Das ist unmöglich«, widersprach Gervase Budd.

»Ich sehe nach«, wiederholte Auguste und schritt auf die Tür zu.

»Nein«, kreischte Mr. Budd und raste durchs Zimmer, um ihn daran zu hindern, den Raum zu verlassen.

»Sind Sie verrückt geworden, Sir? Machen Sie den Weg frei!«, kommandierte der General. »Ist Ihnen das Schicksal Ihres Partners denn gänzlich gleichgültig?«

»Nein. Das heißt ja. Aber es kann sich nicht um Mr. Boodle handeln«, stöhnte Mr. Budd.

»Ich verlange, daß Sie Hilfe anfordern.« Miss Mellidew wurde zusehends hysterischer.

»Da ist keine Leiche.«

»Bitte seien Sie so freundlich und treten Sie zur Seite, Mr. Budd«, sagte Auguste. »Wenn sich Miss Mellidew irrt, kann ich das sehr schnell feststellen.«

»Mr. Boodle kann nicht tot sein.«

»Zur Seite, Budd«, wiederholte der General, mit derselben Wirkung wie damals, als er den Buren befohlen hatte, die Belagerung von Ladysmith aufzugeben.

»Nein. Er kann nicht tot sein.«

»Und warum nicht?«

»Weil er bereits tot ist.«

»Blödsinn, Mann«, fauchte Eric Proudfoot-Padbury.

»Erklären Sie das näher, Mr. Budd«, sagte Auguste ruhig.

»Mr. Boodle gibt es nicht mehr«, stöhnte Boodles einstiger Partner. »Er hat bereits vor zwanzig Jahren des Zeitliche gesegnet.«

»Sind Sie verrückt geworden, Sir?« explodierte der General.

»Mr. Boodle ist 1880 gestorben.«

»Aber –« Miss Mellidew wollte etwas einwenden.

»Was zum Teufel soll das heißen, Sir?« Der General sah keinen Grund, den Zwischenruf einer Frau zuzulassen.

Gervase Budd, der keine Alternative sah, fiel in sich zusammen und lieferte eine wenn auch unbewußte Imitation von Mr. Jingle. »Mr. Boodle – ausgezeichneter Mann – gewisse kleine Schwächen – wie wir sie alle haben. Mr. Arnold Hope entdeckte kleine Unregelmäßigkeiten – sehr unangenehm – erpreßte den unglücklichen Mr. Boodle, seine Bücher zu verlegen und sie als bedeutende Werke der Literatur anzupreisen. Das hatte Erfolg –«, fuhr er düster fort. »Die Bücher verkauften sich – Boodle, ein ganz integrer Mann – durch ungeheuren Druck dazu getrieben, diese Küsten hinter sich zu lassen – mit den Einnahmen aus dem Herbstprogramm – verlor das ganze Geld – erschoß sich – schlimm für Boodle, schlimm für Boodle, Budd & Farthing – warum das irgendwem mitteilen? Also ließ ich alle in dem Glauben, Mr. Boodle leite den Verlag weiter.«

Gervase Budd blickte voller Hoffnung vom einen zum anderen. »Brillante Idee.«

»Aber –«

»Ich muß schon sagen …« Diesmal war es Clarence, der Miss Mellidew nicht zu Worte kommen ließ. »Soll das heißen, alles, was Sie uns über Mr. Boodle und die Autorentantiemen erzählt haben, war aus den Fingern gesogen?«

»Aber –«

»Schlechte Zeiten für Verleger«, sagte Gervase entschuldigend. »So erschien es mir am besten. Armer alter Boodle. Liegt seit zwanzig Jahren in seinem Grab.«

»Ich muß Ihnen leider widersprechen« – Miss Mellidew kreischte jetzt regelrecht –, »aber Mr. Boodles Leiche liegt in keinem Grab, sie liegt in seinem Büro, und er ist erst seit ganz kurzer Zeit tot.«

»Das kann nicht sein, meine liebe Dame«, versicherte Gervase erleichtert, weil nun alles erklärt war.

»Ich fürchte, Sie mißachten den entscheidenden Punkt, Mr. Budd«, warf Auguste mit scharfer Stimme ein. »Mr. Boodle hin oder her – Miss Mellidew behauptet, eine Leiche gesehen zu haben.«

»Jawohl, das habe ich –«

»Und ich werde das *jetzt* untersuchen.«

»Zum Donnerwetter, ich begleite Sie, Sir«, bellte der General.

»Zum Donnerwetter, ich ebenfalls«, erklärte Clarence begeistert. Bücher verlegen war offensichtlich sehr viel unterhaltsamer als in einer Dachkammer Sonnette schreiben.

Auguste hätte diese jugendliche Begeisterung gern geteilt, doch er vermochte es nicht: seine kriminalistischen Fähigkeiten hingen ihm wie ein Mühlstein um den Hals. Alexis Soyer hatte sich nie mit Leichen abschinden müssen, als er seinen »Gastronomischen Erneuerer« schrieb, und Eliza Acton war nie in ihrer Küche über eine Leiche gestolpert, während sie an ihrem Buch »Modernes Kochen« arbeitete. Mrs. Marshalls Kochschule blieb unbehelligt von plötzlichen Todesfällen, und Brillat-Savarin wurde in seinen philosophischen Gedankengängen niemals durch die Aufforderung unterbrochen, sich als Detektiv zu betätigen. Er versuchte sich einzureden, daß Miss Mellidew sich irrte, daß der Mann, den sie gesehen hatte, nur betäubt war, aber als er die Hand nach dem Drehknopf von Mr. Boodles Tür ausstreckte, merkte er, daß ihm das Herz unerklärlicherweise bis zum Hals schlug. Das Leben war selten einfach, und der Tod war es noch seltener.

Hinter ihm standen schwer atmend die Zweiten im Kommando, der General und Clarence, und hinter diesen beiden der zögernde und aschfahle Mr. Budd und Miss Mellidew. In Mr. Boodles Zimmer herrschte Totenstille. Bücher in schweren Ledereinbänden blickten düster aus verglasten Regalen, dunkelblaue Samtvorhänge schützten Mr. Boodle vor zu scharfem Sonnenlicht. In einer Ecke befand sich eine Standuhr, stumm jetzt, als habe sie in dem Augenblick, da Mr. Boodle das Zeitliche segnete, für immer aufgehört zu gehen. Der dunkelbraune Teppich, der den Fußboden bedeckte, wurde durch zwei Tierfelle aufgehellt. Da Tigerjagd vermutlich keine für Mr. Boodle erschwingliche Sportart war, hatte er sich mit den Fellen von zwei Bulldoggen zufriedengegeben, die, mit Köpfen und allem übrigen versehen, den John Bull unter den britischen Verlegern bewachten.

Gervase Budd folgte Augustes Blickrichtung. »Das sind Mr. Boodles Albert und Victoria«, erklärte er mit schwacher Stimme. »Mr. Boodle war stets für einen deftigen Scherz zu haben.«

Auguste hörte nur mit einem Ohr hin. Falls er bisher noch irgendeinen Zweifel an der Richtigkeit von Miss Mellidews Mitteilung gehabt hatte, so war dieser Zweifel jetzt ausgeräumt. Vor dem Kamin lag ein korpulenter älterer Mann auf dem Teppich, halb auf die Seite gedreht, das Gesicht dem Boden zugekehrt, mit einer klaffenden Wunde in der Schläfe.

»Ich habe ihn angefaßt«, sagte Miss Mellidew mit bebender Stimme. »Ich dachte, er sei noch am Leben. Aber – er hatte keinen Puls mehr.« Die Erinnerung überwältigte sie, und sie sank in einen Ledersessel. Auguste kniete neben dem Körper hin. Er war bereits sicher, daß der Mann tot war. Millicent Mellidew hatte recht gehabt. Leicht zitternd erhob er sich wieder und wünschte sich, daß auch Männer das Privileg genießen könnten, sich in Sessel fallen zu lassen und mit Riechsalz sanft wieder zur Besinnung gebracht zu werden. Oder noch besser mit Kognak.

Er wandte sich an Miss Watkins, die mit dem gestrengen Mr. Wallace im Türrahmen stand. »Bitte, Miss, rufen Sie Scotland Yard an und sagen Sie, Inspector Egbert Rose und der Polizeiarzt sollten sich bitte hierher bemühen.«

»Polizei?« jammerte Mr. Budd.

»Wir haben es mit einem plötzlichen Todesfall zu tun«, erwiderte Auguste ruhig.

»Ein Unfall. Ich glaube, der arme Mr. Boodle ist zu Tode gekommen, weil er auf die Ecke des Kaminvorsetzers gefallen ist«, schnaubte der General verächtlich.

Auguste erwiderte nichts darauf. Manchmal wog der Mühlstein um den Hals schwerer als in anderen Fällen. Wahrscheinlich war es in der Tat ein Unfall, sagte er sich, und versuchte gegen den nagenden Zweifel in seinem Inneren anzukämpfen, der ihn bewogen hatte, Egbert herzubitten. Vorn auf dem Hemd des Toten sah man ein paar winzige Blutflecken, die unter Umständen nicht von der Wunde in der Schläfe herrührten.

Clarence war nervös neben ihn getreten und blickte auf die Leiche hinunter. Seine Augen weiteten sich, sein Mund klaffte auf. »Das ist Arnold, nicht Boodle.« Aus dem selbstsicheren, abgebrühten jungen Mann, als der er sich gerne gab, wurde mit einem Schlag der verängstigte Zwanzigjährige, der er innerlich war. Der General fing ihn unzeremoniell auf, als er in Ohnmacht fiel, und deponierte ihn verächtlich auf dem Stuhl neben Miss Mellidew. Mit einem vorsichtigen Blick auf die Leiche hielt sie Clarence ihr Riechsalz unter die Nase. Er kam rasch wieder zu sich, zeigte sich dafür aber keineswegs dankbar.

»Was haben Sie mit ihm getan?« brüllte er den unglücklichen Mr. Budd an.

Gervase Budd fuhr zurück. »Ich?« wimmerte er. »Ich habe gar nichts getan. Warum sollte ich unserem hochgeschätzten Lieblingsautor etwas antun – dem Autor, dessen Bücher sich am besten verkaufen«, setzte er düster hinzu, als ihm die gräßliche Wahrheit aufzugehen begann.

»Sie mochten ihn doch überhaupt nicht, Budd. Er hat mir erzählt, daß er Sie erpreßte. Er muß von Boodle gewußt haben. Deshalb haben Sie ihn umgebracht. Er wollte die Protestdemonstration von heute morgen organisieren, falls Sie nicht bereit sein sollten, höhere Tantiemen auszuspucken. Jetzt weiß ich, warum er nicht erschienen ist. Weil er zuvor mit Ihnen reden wollte.«

Gervase betrachtete seinen hoffnungsvollen Dichter mit unverhohlener Abneigung.

»Stimmt es, daß Arnold Hope Sie erpreßte?« erkundigte sich Auguste ernst.

»Warum sonst würde ich die gräßlichen Gedichte dieses reizenden Jungen herausbringen?« jammerte Gervase Budd.

Clarence fiel von neuem in Ohnmacht, öffnete jedoch bei Augustes nächster Frage rasch ein Auge. Auguste hatte in seiner Erinnerung angestrengt nach alten Skandalen gekramt, über die ihn Egbert sachkundig informiert hatte. »Hat Hope nicht zur Zeit von Oscar Wildes Prozeß England verlassen, und im selben Zusammenhang?«

»Oh!« hauchte Miss Mellidew mit versagender Stimme.

»Verzeihung, Miss Mellidew«, sagte Auguste rasch, »ich hatte ganz vergessen, daß eine Dame anwesend ist.«

»Wenn Sie wissen wollen, ob ich sein Geliebter war – ja, ich war's«, kreischte Clarence. »Ich liebte ihn. Er liebte mich.«

Miss Mellidews Gesicht nahm eine geisterhaft grünliche Färbung an.

»Das nächste Werk des lieben Arnold sollte heißen: ›Mein Neffe, mein Freund‹, ein humoristisches Buch, Erinnerungen an Reisen auf dem Kontinent mit seinem jungen Gefährten Clarence, einem unwissenden und recht törichten jungen Mann, den er mit den Annehmlichkeiten des Lebens bekannt macht. Man könnte fast sagen, der junge Mann wird in dem Buch der Lächerlichkeit preisgegeben », bemerkte Gervase Budd wie beiläufig.

»Das ist nicht wahr«, schrie Clarence. »So was würde Arnold nie tun. Unsere Liebe ist – war – etwas Heiliges.«

»Etwas Heiliges?« Miss Mellidew richtete sich plötzlich kerzengrade auf, rosa Zornesflecken auf den bleichen Wangen. »Wie können Sie es wagen, das Wort Liebe in den Schmutz zu ziehen, Sie – Sie *Verbrecher*.« Sie brach in Tränen aus.

»Selbstverständlich müssen *Sie* so etwas sagen.« Clarence griente.

Der dahingeschiedene Arnold Hope erntete erstaunlich wenig Mitgefühl, fand Auguste. Clarence war eingebildet und überheblich, Miss Mellidew pharisäerhaft, und der General gab sich gleichmütig. Auch die Leiche eines Unbekannten sollte Mitleid und Schrecken erregen, aber in diesem Fall war nichts dergleichen zu spüren. Und der Grund dafür konnte nur der sein, daß alle Anwesenden nicht an den Toten, sondern an ihre eigene Situation dachten. Auguste beschloß, im

Augenblick nicht näher auf Clarences Erklärung einzugehen, da er sie noch einmal im Zusammenhang mit dessen ersten Reaktionen auf seine zukünftigen Autorenkollegen überdenken mußte. Zunächst einmal konzentrierte er sich hartnäckig darauf, die Fakten zu klären. »Wenn Mr. Hope mit Ihnen sprechen wollte, Mr. Budd, was tat er dann hier in Mr. Boodles Zimmer?«

»Er stattete mir lediglich einen Höflichkeitsbesuch ab«, stotterte Gervase, der Augustes Absicht durchschaute und sie zutiefst mißbilligte.

»Und dann fiel er hier hin und starb«, höhnte Clarence.

»Ich fürchte, mein Portwein ist etwas stark«, sagte Gervase unsicher. »Er ist Mr. Hope offensichtlich nicht bekommen. Es ist der beste Oporto.«

»Höchstwahrscheinlich handelt es sich um einen Unfall«, erklärte Auguste diplomatisch. »Da aber immerhin die leise Möglichkeit besteht, daß dieser unglückliche Mann *nicht* durch einen Unfall zu Tode gekommen ist, möchte ich vorschlagen, daß wir hinuntergehen, die Vordertür zuschließen, bis die Polizei eintrifft, und Ihre Angestellten bitten, sich ebenfalls unten einzufinden.«

»Ah, das könnte schwierig werden.« Mr. Budd sah ihn verstört an.

»Dieser arme Kerl ist tot, Budd! Sie können es sich doch wohl leisten, Ihr Personal eine Zeitlang nicht arbeiten zu lassen!« brüllte der General. »Einfacher Anstand, Mann.«

»Ich glaube, Mr. Budd will sagen, daß es gar kein Personal gibt«, erklärte Auguste. »Ist das richtig?«

Gervase Budd nickte kläglich.

»Sind sie etwa *alle* vor zwanzig Jahren gestorben?« quiekte Miss Mellidew.

»Großer Gott, Budd, Sie haben sie doch nicht etwa durch die Bank umgebracht?« schnaubte der General.

»Sie sind nicht vor zwanzig Jahren gestorben. Und ich habe sie auch nicht umgebracht«, erwiderte Mr. Budd würdevoll.

»Aber wir haben sie doch gesehen«, sagte Clarence.

»Ich glaube vielmehr, wir haben immer denselben Mann gesehen.« Auguste blickte Mr. Budd an, der düster nickte. »Mr. Simmonds, Mr. Jones und Mr. Catling waren einfach Mr. Wallace in Verkleidung, der behende die Feuerleiter hoch und wieder herunterkletterte und jedesmal durchs Fenster hereinkam.« Während der Hausbesichtigung war ihm aufgefallen, daß die drei Herren, obwohl ihre Haare und ihr Schnurrbart jeweils eine andere Farbe aufwiesen, alle auf ihren hohen gestärkten Kragen an derselben Stelle einen winzigen Tintenfleck hatten.

»Sie führen dieses Unternehmen ganz allein?« fragte der General verblüfft.

»Kein Geld mehr für Gehälter«, erklärte Mr. Budd kläglich. »Miserable Zeiten für Verleger. Miss Watkins und Mr. Wallace treu wie Gold.« Seine leiser werdende Stimme verriet, daß er den Augenblick für gekommen hielt, seine Schäflein, deren Beitrag zu seinem zukünftigen Programm zunehmend unwahrscheinlicher wurde, aus Mr. Boodles entweihtem Büro hinauszuführen.

Nachdem alle das Zimmer verlassen hatten, überzeugte sich Auguste durch einen schnellen, prüfenden Blick davon, daß niemand durch Mr. Boodles Fenster hereingekommen war. Das Fenster war fest geschlossen, und nach dem Geruch im Zimmer zu urteilen, war es auch eine Reihe von Jahren nicht geöffnet worden. Bevor er hinausging, zwang er sich, noch einmal die Leiche zu betrachten. Beim Kochen mußte man Zutaten auswählen, die zueinander paßten: in der Kriminalistik suchte man nach solchen, die nicht zueinander paßten. Hier gab es zwei: die Leiche und den Fundort.

Warum war Arnold Hope hierhergekommen? Um mit Mr. Boodle zu sprechen? Ganz sicher mußte Hope gewußt haben, daß der Raum unbenutzt war. Oder hatte Gervase Budd auch ihn getäuscht? Hatte es in Mr. Boodles Zimmer einen Streit mit Budd gegeben? Und war es Unfall oder Mord? Sah er, Auguste, in seiner Angst vor Mord auch dort einen, wo gar keiner vorlag? Zum Glück würde Egbert bald hier sein und die Verantwortung von seinen Schultern nehmen. Dann regte sich sein Gewissen. Wie oft hatte Egbert ihm erzählt, daß angesichts eines plötzlichen Todesfalls manchmal Zungen zu reden begannen, die später stumm blieben. Jetzt war der Augenblick gekommen, die Führung zu übernehmen und zuzuhören. Später war es an Egbert, sich ein Urteil zu bilden.

Die Angestellten von Boodle, Budd & Farthing, Miss Watkins und Mr. Wallace, hockten nervös auf den Stuhlkanten. Sie waren nicht gewöhnt, in Gegenwart von Autoren zu sitzen, vor allem nicht zukünftigen Autoren – obwohl es jetzt ziemlich unwahrscheinlich war, daß diese vier dem Frühjahrsprogramm Glanz verleihen würden.

»Während wir auf die Polizei warten«, begann Auguste mit fester Stimme, »sollten wir uns überlegen, wann jeder einzelne von uns hier erschienen ist, einschließlich Mr. Hope. Um welche Zeit waren Sie mit ihm verabredet, Mr. Budd?« Sein Ton hatte genau den richtigen Grad von Autorität.

»Um elf Uhr«, sagte Gervase unglücklich. »Er war pünktlich.«

»Er kam fünf vor elf«, erklärte Miss Watkins hilfsbereit.

»Sie haben ihn zu Mr. Budds Büro geführt, Miss Watkins?«

»Nein, das war nach den Dienstanweisungen für das Personal leider nicht möglich.« Sie vermied den Blick ihres Chefs, der aus ihren Worten vielleicht einen Vorwurf hätte herauslesen können.

»Und wann ist er wieder gegangen, Mr. Budd?«

»Kurz bevor Sie gekommen sind«, lautete die schwunglose Antwort.

»Das war um Viertel vor zwölf.«

Miss Watkins nickte heftig, als sei sie froh, daß sie mithelfen konnte, Auguste von jeglichem Verdacht freizusprechen.

»Ich hatte eine sehr freundliche Unterredung mit Mr. Hope«, erklärte Gervase.

Clarence lachte triumphierend. »Er sagte etwas anderes.« Die Rache war süß, wenn auch unüberlegt.

»Wann hat er das gesagt, Mr. Popple?« fragte Auguste sanft.

Clarence blickte wild um sich, als erwäge er einen weiteren Ohnmachtsanfall. »Ich meinte nur, der liebe Arnold *glaubte* nicht, daß es eine freundliche Unterredung werden würde.«

»Nein. Er trug sich mit der Absicht, die Autoren über Mr. Boodle aufzuklären, falls Sie, Mr. Budd, es aus moralischen Gründen ablehnen sollten, sein nächstes Buch herauszubringen, nicht wahr?«

Manchmal traf man mit einer Vermutung ins Schwarze, wie Mr. Budds Schweigen anzeigte.

»Und wann genau sind Sie gekommen, Mr. Popple?« Nun ging Auguste zum Angriff über.

»Das sollten Sie wissen. Sie waren doch anwesend.«

»Er kam zehn Minuten nach Ihnen, Mr. Didier«, sagte Mr. Budd, der sich jetzt, da ein anderer im Rampenlicht stand, unbedingt als hilfswillig erweisen wollte.

»Ich glaube, das stimmt nicht«, widersprach Miss Watkins. »Mr. Wallace, ich erinnere mich genau, daß dieser junge Mann vor Mr. Didier hier war. Ich dachte, *er* wäre Mr. Didier.«

Auguste fühlte sich nicht geschmeichelt. Die Herren Wallace/Simmonds/Jones/Catling bestätigten indessen die Aussage der Dame. »Sie haben wie immer recht, Miss Watkins.«

»Also wo waren Sie, Mr. Popple?«

»Auf dem Klo«, erklärte Clarence mit lauter Stimme. Miss Mellidew errötete ob solcher bohémienhaften Unverblümtheit; dann stutzte sie sichtlich.

»Aber –« Sie sprach nicht weiter.

»Ja, Miss Mellidew?« sagte Auguste auffordernd.

»Nichts.« Sie verzog den Mund.

»Bitte. Wir müssen unbedingt offen sein, ungeachtet der Umstände.«

Miss Mellidew schloß die Augen und flüsterte: »Als ich hier ankam, ging ich zuerst in den Waschraum.«

»Und wann war das?«

»Sie kam gleich nach Ihnen«, rief Miss Watkins lebhaft.

»Einen Augenblick, meine Dame.« Der General hatte nachgedacht. »Nach der Hausbesichtigung sind Sie auch auf die Toilette gegangen.«

»Ich muß doch bitten, Sir.« Miss Mellidew sah aus, als werde sie im nächsten Augenblick in Tränen ausbrechen. »Meine Nerven sind nicht die besten.«

Der General trat den Rückzug an und murmelte etwas von Armeemanövern und guter Ausbildung. Miss Mellidew starrte in eine finstere Zukunft, die nur Schande für sie bereithielt. Ebenso Gervase Budd. Aber zumindest konnte er erwarten, daß Mildreds Missionar unbekehrt entkam.

»Und Sie, General, sind als letzter erschienen. Kurz vor Viertel nach zwölf, erinnere ich mich.«

»Es war früher«, sagte Mr. Wallace schroff.

»Also wo waren Sie, Sir?«

»Wo zum Teufel soll ich schon gewesen sein?« knurrte der General, der sich ertappt sah. »Auf der Latrine.«

Miss Mellidew warf sich in die Brust. Ihre Ehre war wenigstens zum Teil wiederhergestellt.

»Die Intervalle zwischen Ihrem Eintreffen hier im Haus und Ihrem Erscheinen in Mr. Budds Büro haben Sie alle also …« Auguste zögerte. Wie konnte er das taktvoll formulieren? Er gab den Versuch auf. »… in derselben Toilette im ersten Stock verbracht. Mr. Popple war, sagen wir, von 11.40 Uhr bis 11.55 Uhr dort, Miss Mellidew von 11.50 bis etwa 12.10 und der General von 12.05 bis fast 12.15 Uhr.«

»Sie sind taktlos, Sir«, keuchte Miss Mellidew.

»Das ist, vorsichtig formuliert, recht ungewöhnlich, da ich annehmen muß, daß keiner von Ihnen die anderen bemerkt hat«, fuhr Auguste ungerührt fort. »Theoretisch hatte also jeder von Ihnen Zeit, in Mr. Boodles Büro zu gehen, wie es Mr. Budd getan hat. Wir haben nur seine Aussage bezüglich des Zeitpunkts, zu dem Arnold Hope ihn verlassen hat.« Dem unglücklichen Verleger entfuhr ein Protestschrei. »Und nun, Miss Watkins, Mr. Wallace, können Sie mir sagen, wo *Sie* waren?«

Sie konnten es. »Hier«, riefen sie unisono. »Bis diese tobende Bande erschien«, fügte Miss Watkins als Solobeitrag hinzu.

»Und dann?«

»Mr. Wallace hielt sie in Schach, während ich hierherkam, um Sie zu begrüßen, und als ich wieder unten war, hielt ich die Leute meinerseits in Schach«, setzte sie mit bescheidenem Stolz hinzu.

»Und nachdem sie fort waren?«

»... blieb ich unten, während Mr. Wallace –« Sie stockte tief errötend.

»... seine laienhafte Theatervorstellung gab« bellte der General.

Mr. Wallace verschränkte im Interesse von Messrs Simmonds, Jones und Catling die Arme.

»Und Sie waren allein hier?«

»Ja.« Miss Watkins begriff plötzlich, in welch prekärer Lage sie sich befand. »Aber man hätte mich gesehen, wenn ich in Mr. Boodles Zimmer hinaufgegangen wäre«, rief sie angstvoll.

»Beruhigen Sie sich, Miss Watkins. Wir haben vor allen Zimmertüren gestanden. Sie wären nicht ungesehen an uns vorbeigekommen.«

»Aber Wallace hätte es gekonnt«, sagte Clarence. »Er hätte in Mr. Boodles Zimmer hinaufgehen und den armen Arnold ermorden können, bevor wir die Tür zu Mr. Simmonds Zimmer öffneten.«

Mr. Steven Wallace erhob sich. »Junger Mann, ich war Soldat, Sergeant in der Armee Ihrer Majestät, bis gesundheitliche Probleme mich zwangen, meinen Beruf aufzugeben. Im Dienst von Boodle, Budd & Farthing habe ich Befriedigung gefunden, auch wenn ich ab und zu wie ein verdammter Clown durch ein Fenster springen muß – Verzeihung, meine Damen. Aber ich bin fünfundvierzig, und solche Kapriolen lassen einem keine Zeit, Treppen hochzurennen und alte Herren wie Mr. Boodle zu ermorden.«

»Aber es war nicht Mr. Boodle«, wehklagte Clarence.

»Oder wen auch immer«, berichtigte Mr. Wallace und setzte sich wieder hin, der Sieger.

»Es erscheint mir ganz unwahrscheinlich«, sagte Auguste in die jetzt eingetretene Stille hinein, »daß Mr. Wallace irgendeinen Grund für einen Mord gehabt haben sollte – es sei denn das Wohl von Boodle, Budd & Farthing. Ich glaube aber, daß einige der hier Anwesenden weniger altruistische Gründe für den Mord an Mr. Hope gehabt haben könnten – falls er wirklich ermordet worden ist. Sie zum Beispiel, Mr. Popple. Es ist durchaus möglich, daß Sie gesehen haben, wie Mr. Hope aus dem Büro von Mr. Budd kam, und dann mit ihm in Mr. Boodles Zimmer gegangen sind, um dort unter vier Augen mit ihm zu reden, da Sie wußten, daß es leer war.«

»Nein, das stimmt nicht«, schrie Clarence. »Und selbst wenn ich tatsächlich mit ihm in das Zimmer gegangen wäre, was beweist das schon? Er liebte mich.«

»Hmm«, murmelte Mr. Budd vor sich hin.

»Ja, Mr. Budd?« Auguste wandte sich ihm zu.

»Normalerweise«, sagte Mr. Budd tugendhaft, »würde ich solche brutalen, ja obszönen Texte nie veröffentlichen, aber wie Sie schon darlegten, Mr. Popple: Mr. Hope hatte mir gedroht, meinen Autoren reinen Wein über den armen Mr. Boodle einzuschenken. Mr. Hope erwähnte, daß Sie den Inhalt seines Romans kennen: er hatte ihn Ihnen gestern erzählt.«

»Blödsinn. Sie lügen. Ich war es nicht. *Sie* war's«, kreischte Clarence.

Miss Mellidew erbleichte. »Gütiger Gott, junger Mann, warum hätte ich Mr. Boodle umbringen sollen, geschweige denn Mr. Hope? Ich komme ebensowenig für den Mord in Frage wie der General hier.«

»Ich, Madam? Ich hätte Sie für weniger erschießen lassen können.«

»Das würde wohl kaum etwas helfen«, sagte Auguste energisch. »Aber Sie, General, hatten die Gelegenheit, Mr. Hope umzubringen. Und auch einen Grund.«

»Ich bin dem Mann in meinem Leben nie begegnet.«

»Nicht Mr. Hope. Aber Sie hätten ja gemeint, es mit Mr. Boodle zu tun zu haben. Sie hatten keine Ahnung, daß Boodle seit zwanzig Jahren tot ist.«

»Verdammt, Sir«, stieß der General hervor.

»Mr. Boodle hatte Mr. Farthings Firmenanteile an sich gebracht, schlußfolgere ich, und Ihrer Frau den ihr zustehenden Anteil vorenthalten.«

Der General blickte ihn finster an, erhob jedoch keinen Einspruch.

»*Sie* war's«, wiederholte Clarence schreiend. »Warum hören Sie denn nicht hin?«

»Ich habe die Leiche entdeckt! Wie können Sie es wagen, die Lage einer alleinstehenden Dame derart auszunutzen, junger Mann!« Miss Mellidew zerfloß in Tränen.

»Nach Ihrer zweiten Abwesenheit haben Sie den Todesfall gemeldet, ja. Aber davor hatten Sie dieselbe Gelegenheit, in Mr. Boodles Zimmer zu gehen, wie die Herren«, sagte Auguste unerbittlich.

»Warum sollte ich Mr. Boodle umbringen wollen?« schluchzte sie. »Ich war hergekommen, weil ich einen neuen Verlag suchte. Warum sollte ich Streit mit dem Leiter anfangen?«

»Nicht Mr. Boodle.« Auguste zögerte, dann setzte er alles auf eine Karte. Ein gereiztes Rotkehlchen, der interessante Gebrauch der Vorvergangenheitsform, wo sie nicht erforderlich war – für sich genommen unbedeutende Einzelheiten, die nun jedoch eine entscheidende Bedeutung bekamen. »Aber vielleicht hatten Sie einen Grund, *Arnold Hope* umzubringen.«

»Natürlich hatte sie einen, die alte Krähe! Wie er sich über sie lustig gemacht hat!« höhnte Clarence.

»Ich denke«, sagte Auguste freundlich, »Sie könnten eine Auseinandersetzung zwischen Mr. Popple und Mr. Hope mitangehört haben, als Sie zu Mr. Budds Büro hinaufgingen, und da erkannten Sie die Stimme. Es war ein Streit, der das Verhältnis ganz klar machte, in dem die beiden zueinander standen. Sie sahen, wie Mr. Popple höchst aufgebracht aus dem Zimmer rannte, und nahmen nun die Gelegenheit wahr, Mr. Hope Ihre Meinung zu sagen.«

»Ich bin keine Kämpferin für moralische Sauberkeit, Mr. Didier, was immer ich mitangehört oder nicht mitangehört haben mag.« Tränen rollten Miss Mellidews Wangen hinunter, und Miss Watkins reichte ihr fürsorglich ein Batisttaschentuch, weil Frauen zusammenhalten mußten.

»Nicht einmal dann«, sagte Auguste, »wenn sich herausstellt, daß auch Helden solche menschlichen Schwächen haben?«

»Oh.« Sie hob rasch eine behandschuhte Hand an ihr Gesicht.

»Er war Lambkin, nicht wahr, Scheich Hamid der Glänzende, und Sie waren Cecilia.«

Sie richtete sich stolz auf. »Vielleicht glauben Sie es nicht, aber ich galt als hübsches Mädchen.«

»Und Cecilias Geschichte ist Ihre eigene Geschichte?«

»Jawohl.«

»Und die vier Ehefrauen?«

»Es gab nur eine. In Balham, erzählte er mir. Ich glaubte ihm. Aber heute habe ich die Wahrheit gehört. Ich habe die Erinnerung an diesen Lambkin durch all die Jahre heilig gehalten, und dabei war er ein Perverser. Als Mr. Popple aus dem Zimmer gerannt war, stürzte ich hinein, um ihn zur Rede zu stellen.« Sie hielt kurz inne und fuhr dann fort: »Er machte sich lustig über mich, und noch schlimmer, er machte sich lustig über Cecilia, ja sogar über den Leuchtenden selber. Er zog mein liebstes Kind in den Schmutz.« Sie senkte den Kopf.

»Und dann haben Sie ihn umgebracht«, schrie Clarence.

»Meinen Arnold. Meinen Geliebten.«

»Da ist immer noch Mildred, liebe Dame«, warf Mr. Budd ein, für den Fall, daß doch noch nicht alles verloren war.

»Nein.« Ihr Kopf fuhr hoch. »Es war ein Unfall. Ich stand vor Mr. Boodles Schreibtisch, Lambkin stand dahinter. Er sagte ... er sagte, er würde mir eine Kostprobe von dem geben, was ich diese ganzen Jahre entbehrt hätte. Ich merkte, er würde mich anfallen, mich vielleicht sogar küssen. Das konnte ich nicht ertragen. Ich zog meine Hutnadel heraus, die Hauptwaffe einer Frau, wie ich von Mama gelernt habe. Bleib mir vom Leibe, drohte ich ihm, als er um den Schreibtisch herum auf mich zukam. Er sah die Nadel, erschrak – und dann geschah es. Aber ich weiß nicht genau, was es eigentlich war. Es gab einen lauten Krach, und plötzlich fiel er gegen mich. Ich wich zur Seite, er stöhnte, fiel vornüber und schlug dabei auf der Ecke des Kaminvorsetzers auf. Ich sah, daß ich die Haarnadel noch immer in der Hand hielt, und voll Entsetzen wurde mir klar, daß ich ihn damit erstochen hatte. Aber er hatte auch eine Wunde am Kopf. Mein Scheich war tot. Er hatte keinen Puls mehr. Eine fürchterliche Situation, Mr. Didier. Selbst Mildred war nie in einer so grauenvolle Lage.« Und wieder wurde sie von Schluchzen geschüttelt.

»Miss Watkins«, sagte Auguste leise, »könnten Sie sich um Miss Mellidew kümmern?« Er verließ das Zimmer und rannte die Treppe hoch. Wer konnte an ihrer Geschichte Zweifel hegen? Aber irgend etwas bildete noch Klumpen in dieser Sauce hollandaise.

Er sah sich im Büro des dahingeschiedenen Mr. Boodle um und gab sich Mühe, nicht immer wieder auf den Toten und auf Albert und Victoria zu blicken, deren Augen ihm überallhin zu folgen schienen. Sie machten sich über ihn lustig, der ganze Raum machte sich über ihn lustig, denn er wußte, die Lösung des Rätsels lag hier irgendwo verborgen.

Wenn Miss Mellidew an dieser Stelle gestanden hatte – er trat vorsichtig neben die Leiche – und Arnold Hope ihr entgegengefallen war, war er da bereits tot gewesen? Und wenn ja, wie kam das? Auguste blickte hoch. Der Tod konnte nicht von der Decke gekommen sein, und die Köpfe der Hunde konnten nicht die Ursache dafür sein, daß Arnold Hope mit solcher Wucht auf die Haarnadel gesunken war, denn dafür standen sie nicht hoch genug.

Er trat hinter Mr. Boodles Schreibtisch und stellte sich vor, er sei Arnold Hope. Nein, nicht Arnold Hope. Er stellte sich vor, er sei Mr. Boodle, der die Forderungen unvernünftiger Autoren zurückwies und sich nun in der Gewalt von Erpressern wie Hope befand.

Mr. Boodle war stets für einen deftigen Scherz zu haben!

Die Bulldoggenköpfe ... und schon stand er im Geist in seiner Küche, beschäftigt mit dem köstlichsten Gericht im ganzen Land, dem Wildschweinkopf ... füllte ihn mit den erlesensten Zutaten, machte ihn durch seine Kunst wieder ganz lebensähnlich.

Er war Mr. Boodle, ein von Problemen bedrängter Mann, der aber stets für einen deftigen Scherz zu haben war. Er streckte die Arme aus, so wie Mr. Budd es an seinem eigenen Schreibtisch getan hatte. Seine Finger ertasteten zwei Knöpfe. Er erhob sich, drückte auf die Knöpfe, zog an ihnen. Plötzlich hörte er wütendes Knurren; er rannte um den Schreibtisch herum und sah, wie sich Alberts Kopf, mit Luft gefüllt, zähnefletschend hob, ein furchterregender Anblick. Wäre er Arnold Hope gewesen, hätte er in seinem Schrecken sehr wohl über das Ungeheuer stolpern und vornüber in Miss Mellidews Hutnadel fallen können, wobei sein stürzender Körper durch sein Gewicht die Luft wieder aus Albert herausgepreßt hätte.

Er befand sich in einer Welt der Täuschungen und Vorspiegelungen, sagte sich Auguste, und wie für alle Vorspiegelungen gab es gewiß auch für diese eine praktische Erklärung. Ganz sicher würden Egberts Leute in dem Schreibtisch eine Vorrichtung finden, die das Knurren bewirkte, und Ventile oder komprimierte Luft oder Gasröhren, durch die Albert Luft zugeführt wurde, vielleicht sogar eine primitive elektrische Schaltung.

Er konnte seinen Gedanken nicht länger nachhängen, denn unten wurde laut an die Haustür geklopft; er hörte Schritte und bekannte Stimmen: Egbert war eingetroffen. Als er zur Tür lief, raste Egbert bereits die Treppe hoch, und als Egbert den Kopf hob, sah er Auguste oben im Türrahmen stehen.

»Unfall, Auguste?«

»Mord. Alles vorhanden: das Motiv, die Mittel und die Gelegenheit.«

»Und du hast den Mörder bereits für mich ermittelt?«

»Ich glaube schon.«

Unten stieß Miss Mellidew, die entsetzt gelauscht hatte, einen schwachen Schrei aus.

»Und wer ist es?«

»Ein Herr namens Boodle. Mr. Boodle.«

Bis daß der Tod uns scheidet
oder
Mord beim Picknick

Ach, der Zauber eines englischen Sommertages! Ach, der Zauber Daisys!

Auguste Didier, Meisterkoch und glühender Bewerber, breitete seinen Mantel so eifrig vor seiner Angebeteten auf dem Erdboden aus wie einst Sir Walter Raleigh vor der guten Königin Elisabeth in den längst vergangenen Tagen des fröhlichen alten Englands. Im Falle Augustes war es freilich kein Mantel, sondern ein großes weißes Damasttischtuch mit Einsätzen aus Brüsseler Spitzen und unzähligen eingestickten englischen Röschen.

»Ein klein wenig näher zu mir, liebster Auguste.«

Miss Daisy Fitch, einziges Kind und folglich Erbin von Thomas Fitch, dem Gründer von Fitch & Fitch Wasserklosetts und Sanitärbedarf, öffnete ihre strahlenden blauen Augen und gurrte bittend, während Auguste um alle vier Ecken des Tuches herumsprang und jede winzige Falte glättete, die sein geliebtes Wesen kränken könnte. Gehorsam zog er das Tuch näher zu ihr hin, so daß es in besserer Reichweite ihrer lilienweißen, so hinreißend in zarten Spitzenhandschuhen steckenden Hände war, und stellte dann die Perfektion wieder her.

Ein Stapel Kissen stützte Daisy, die am Ufer des Flusses Darenth an einer Stelle thronte, die sorgfältig ausgesucht worden war, um alle Freuden eines sommerlichen Picknicks zu bieten, doch ohne seine Nachteile: ein Fluß ohne den häßlichen Anblick unangenehmen Morasts, ein ganz leichter Hauch warmer Luft aus dem Westen (vor einer kühlen Brise wurde der Platz durch den steil ansteigenden Grashang hinter ihnen geschützt), kurzer, ebener Rasen, auf dem man sitzen und, von keinen Disteln behindert, die Fülle von Wiesenblumen bewundern konnte, hinter ihnen ein Feld von blaublühendem Flachs in voller Blüte und vor allem abgeschieden durch willkommene schmale Waldstreifen auf beiden Seiten. Am Ufer bewegten an einer Seite einige Weiden sanft ihre Zweige, als wollten sie ihre Zustimmung zur Wahl des Platzes signalisieren, und selbst die Fliegen hatten anscheinend nicht die Absicht, Daisy den Tag zu verderben.

Daisy ließ sich mit königlicher Würde in einem Gewoge von weißem Musselin und fließendem hellblauem Chiffon auf ihren Kissen nieder und blickte mitleidig die fünf ergebenen Bewerber an, die sie umstanden und bereit waren, ihre leisesten Wünsche sofort zu erfüllen.

»Diese *schreckliche* Sonne«, schmollte sie.

Es kam anscheinend weder Henry Hartley (dem genialen Erfinder von Hartleys vertikalem Fallschirmfluggerät und Hartleys Schwerkraftgewichten) noch Frederick Cunningham (Amateursportler und Lebemann) noch Oberst Horace Dawkins (a.D. der britischen Armee und Großwildjäger) noch Ehrwürden Cyril Parfitt (dem Pfarrer dieser Gemeinde Lakenham in Kent) in den Sinn – wenn der Gedanke auch flüchtig den Kopf von Auguste Didier durchzuckte –, daß Daisys riesiger Hut mit seinen Unmengen von weißem Tüll und blauem Chiffon und seiner Dekoration von mehr Rosen und entsprechendem Grünzeug, als die Hecken ringsum aufzuweisen hatten, eigentlich ausreichen müßte, um diese schreckliche Sonne von Daisys unvergleichlichem, einer englischen Rose gleichenden Teint fernzuhalten.

Statt dessen sprangen alle fünf Herren herzu, um ihren spitzengesäumten Sonnenschirm aufzustellen, damit sie nicht die Mühe hätte, ihn selbst zu halten. Auguste stolperte über die Heu-Kochkiste mit der Suppe und prallte mit dem Obersten zusammen, der zur Seite taumelte und damit Frederick und Henry den Weg zum Sonnenschirm ihrer Dame versperrte, so daß Cyril allein das Feld beherrschte. Da er aber mehr an das geistliche als an das praktische Leben gewöhnt war, konnte er seinen Auftrag nicht erfüllen, und es blieb Matthews, dem Kutscher, überlassen, seine Herrin vor den Gefahren des Himmels zu schützen. Danach zog er sich auf die angemessene Entfernung für Dienstpersonal zum Waldrand zurück und setzte sich neben Miss Phoebe Hetherington, die Gesellschafterin und Anstandsdame Miss Daisys. Entsprechend ihrer Stellung trug Miss Hetherington keinen in Tüll und Chiffon gehüllten Hut, sondern einen kleinen strengen Strohhut, der unsicher auf ihrem streng nach oben gekämmten braunen Haar thronte und wenig dazu beitrug, die Sonnenstrahlen von ihrem Gesicht und Hals fernzuhalten. Sie saß jedoch mit ihrer gewohnten Ruhe und Verständigkeit im Schatten der Bäume, einige Schritt von dem Hauptteil der Gesellschaft entfernt. Allerdings verfügte sie nicht über einen Stapel Kissen als Unterlage, sondern nur über ihren eigenen Mantel.

»Ach, wie wunderbar, Auguste, *Gelee!*«

Vor Begeisterung klatschte Daisy in ihre winzigen Hände, und Augustes Herz bebte wie das Gelee, das er gerade aus der Form gestürzt hatte. In Frankreich, dachte er, waren Picknicks anständige und ordentliche Unternehmungen mit Klapptischen und Klappstühlen, bei denen seine Meisterwerke Aussicht auf gebührende Bewunderung hatten. Hier mußten sie sich gegen jedes kriechende Lebewesen behaupten, dem es in den Sinn kam, das Tischtuch zu überqueren, aber wenn Daisy es so wollte, dann mußte es eben sein.

»Rotweingelee«, murmelte er bescheiden. »Ein Rezept meiner Großmutter.« Er setzte es liebevoll in die Mitte des Tischtuchs und fuhr fort, seine Meisterwerke eins nach dem anderen auszupacken und aufzustellen. Seine vier Rivalen um Daisys Hand betrachteten neidisch diese wenig standesgemäße Art, Daisys Aufmerksamkeit zu gewinnen.

»Lachspastete und grüner Gelee. Ein Rezept aus dem achtzehnten Jahrhundert.«

Der Oberst räusperte sich. »Ich persönlich ziehe Fasanenpastete vor.«

»Ach ja, ich auch«, stimmte Daisy lebhaft zu.

»Unglücklicherweise haben Fasanen gerade Schonzeit«, stieß Auguste zwischen zusammengebissenen Zähnen hervor.

»Hab ich euch schon erzählt, daß ich mal tausend an einem Tag geschossen habe? Meisterschütze Dawkins nannten sie mich.«

»Wirklich, Horace? Wie klug du bist.« Die blauen Augen weiteten sich vor Bewunderung, und der Oberst sonnte sich in dem Lob. Auguste knallte die letzte Lachspastete auf das Tuch. Es war klar, daß der Oberst nie in einer Küche gearbeitet hatte, wenn die Schützen lässig 2000 Fasanen oder mehr am Tag hereinbrachten und vom Personal erwarteten, die alle auszuhängen und zu rupfen.

»*Jambon d'York*, Entenbrustsalat, *boeuf à la mode en terrine*, Erbsen natürlich, *Salade Didier*.« Auguste setzte die Speisen eine nach der anderen liebevoll auf das Tischtuch, dazu die Beilagen und Vorspeisen, dann holte er die Kochkisten mit den kostbaren Suppengefäßen heran. Schließlich stellte er einen Teller für sein Meisterstück zurecht.

»Ich erinnere mich, daß unser Küchenchef in Cannes öfter mal so was Ähnliches produzierte.« Frederick räkelte sich im Gras, die Hände hinter dem Kopf, mit der gleichen zwanglosen Eleganz, die ihm seinen Ruhm auf dem Kricketfeld errungen hatte.

So etwas bestimmt nicht, dachte Auguste wütend, während er vorsichtig sein *pièce de résistance* aus der Form stürzte.

»*Aspic de suprême de volaille Didier*«, verkündete er stolz.

Vier Augenpaare warteten eifersüchtig darauf, daß es ihm mißlinge, daß die Köstlichkeit in tausend Stücke zerfalle, aber sie wurden enttäuscht. Eine vollendete Nachbildung in Gelee von Lakenham Hall, dem Wohnsitz der Familie Fitch, glitt gehorsam auf den mit Petersilie garnierten Teller, und jedes Blättchen Estragon, jede Trüffel, jede Gurkenscheibe und jedes Stück Paprika behielt seinen zugewiesenen Platz in dem Aspik.

Es herrschte Schweigen.

»Ich habe oft daran gedacht, neue Rezepte zu erfinden«, sagte Henry schließlich verzweifelt, »aber ich verwende meine Energie lieber darauf, das Los der Menschheit zu verbessern. Ich glaube, daß um 1900 herum der Mensch fliegen kann.«

»Wie die süßen kleinen Vögel«, setzte Daisy fröhlich hinzu und pflückte ein kandiertes Rosenblatt von einem Teller mit elisabethanischen Süßigkeiten zum Nachtisch. Wären es nicht

Daisys perlenweiße Zähne gewesen, die es zerkauten, hätte es Auguste geschaudert bei einer solchen Geschmacksverirrung. Wie sollte denn ein mit Zucker gesüßter Gaumen die Feinheiten seines raffinierten Salade Didier (mit Sydney-Smith-Soße) zu würdigen wissen? Er sehnte den Tag herbei, an dem er Daisy sein eigen nennen würde, an dem sie sich am Traualtar verbinden würden, bis daß der Tod sie scheide; dann würde er sie mit dem ganzen Reichtum seiner Welt der Kochkunst bekannt machen.

»Koste doch von dem grünen Gelee, Daisy. Es sind Spinatsaft und Mandeln darin.« Auguste freute sich besonders über seinen Einfall, mit diesem Gericht noch mehr Farbe und Reiz in die Vielfalt der Tafel gebracht zu haben.

»Mandeln können giftig sein.« Cyril sah seine Chance und mischte sich besorgt ein. »Ich möchte nicht, daß Daisy irgendwie in Gefahr gerät.«

»Wie nett von dir, Cyril.« Zur Belohnung schenkte ihm Daisy ein süßes Lächeln.

Wer hatte doch nur gesagt, Halbwissen ist gefährlich, fragte sich Auguste ärgerlich, während er so ruhig wie möglich antwortete: »Die Kerne vieler Obstarten tragen eine Substanz in sich, die, in größeren Mengen genossen, giftig ist, ebenso die Blätter, Wurzeln oder Blüten vieler Pflanzen.«

Daisy schrie leicht auf.

»Du kannst ganz sicher sein, daß du meinen Gelee ganz ohne Gefahr essen kannst, Daisy«, fügte Auguste hastig hinzu, als er merkte, daß er einen falschen Zungenschlag getan hatte.

»Trotzdem, Auguste«, erwiderte sie leise, »ich glaube, ich verzichte lieber darauf.«

Der Pfarrer lächelte zufrieden.

»Fangen wir also mit der Suppe an«, sagte Auguste hastig, öffnete die Kochkiste und hob die dicke Isolierschicht von den Behältern. »*Consommé Didier* und *Crème d'Eté*. Was könnte schöner sein als Sommerrahmsuppe – ausgenommen natürlich du selbst, Daisy?«

»Und was ist da drin, Auguste?« fragte Daisy, nachdem sie

ihm gerade mal einen freundlichen Blick zugeworfen hatte, und zeigte mit ihrem königlichen Finger auf den großen viereckigen Metallgegenstand, der oben auf dem Hang hinter ihnen im Schatten der Bäume stand.

»Die Eishöhle«, sagte er stolz. »Darin ist das Eis zum Tee. Dazu gibt es noch Gurkensandwiches und Kuchen.«

»Ach, Eiskrem! Ich *liebe* Eiskrem.«

Sofort lief Auguste den Abhang hinauf und holte eine seiner kostbaren runden Formen mit Kirscheis hervor. »Meine Bomben.« Er zeigte die Form kurz und liebevoll und versenkte sie dann wieder im Eis. Das mußte ihm doch endlich Daisys Hand sichern. Erdbeereisbomben waren wohlbekannt, aber nur Auguste Didier konnte aus Kenter Kirschen und Kirschlikör ein hervorragendes Eis herstellen. Wie freute er sich auf den Augenblick, da er die Formen stolz öffnen und ihren wundervollen Inhalt darbieten konnte.

»Willst du uns alle in die Luft sprengen?« lächelte Frederick.

»Oh, *Bomben!*« kreischte Daisy und riß die winzigen Hände schützend vors Gesicht. »Ich *hasse* diese Knallerei.«

Der Oberst beeilte sich, sie zu trösten. »Aber, aber, Kleines. Vor Bomben bist du sicher, solange ich bei dir bin.«

Auguste lief zurück zu ihr, außer sich über seine Torheit. »Bombe ist nur die Bezeichnung für gefrorenes Eis in einer verzinnten eisernen Form, gewöhnlich in Gestalt der Frucht, mit der man dem Eis Geschmack verliehen hat. Meine Form ist rund, deshalb ...«

»Wie schön.« Daisy lächelte wieder. »Dann kommen wir alle also wieder hierher zu einem schönen Tee mit einer Bowle Punsch, und inzwischen machen wir eine schöne Ruderpartie den Fluß hinab.«

Es trat eine Pause ein, während der sich die fünf Männer vorsichtig gegenseitig musterten.

»Hat jemand ein Boot mitgebracht« erkundigte sich Frederick schließlich.

Niemand hatte daran gedacht, auch nicht Matthews, der zu der darauffolgenden besorgten Diskussion hinzugezogen wurde.

»Oh.« Daisys Lächeln schwand, und für ihre fünf Bewerber ging kurzzeitig die Sonne unter. Dann leuchteten die Grübchen wieder auf. »Ich weiß, was wir machen. Ihr wart alle so überaus freundlich, zu sagen, daß ihr mich heiraten wollt. Und ihr alle seid wirklich so wunderbar, daß ich euch alle heiraten möchte. Ich weiß nicht, wen ich wählen soll. Deshalb habe ich beschlossen, daß ich denjenigen von euch heiraten werde, der mir als erster ein kleines Kaninchen bringt.«

»Es ist Kaninchen in der Pastete«, warf Auguste viel zu voreilig ein.

»Oh!« kreischte Daisy wieder. »Wie gräßlich von dir, Auguste.«

Horace grinste bei dieser Niederlage seines Rivalen und schob rasch seinen Beitrag ein. »Meine Büchse hab ich nicht mit, meine Verehrte, aber für dich erwürge ich ein Kaninchen mit den bloßen Händen.«

Zu Augustes Vergnügen erhielt dieses großzügige Angebot ein noch lauteres Kreischen zur Antwort. »Ihr seid Ungeheuer, alle beide.« Tränen traten in die unvergleichlich schönen Augen.

»Du möchtest ein lebendiges Kaninchen zum Streicheln, nicht wahr, mein Goldstück?« fragte Frederick zärtlich.

»Ich suche ein Kaninchen für dich«, erbot sich der Pfarrer.

»Ach ja, bitte, Cyril.« Die Tränen versiegten und hinterließen keine Spur auf den makellosen Wangen. »Wenn du das tust, dann bist du der, den ich heirate.«

»Ich glaube nicht, daß dein Vater das billigen würde, Daisy.« Zur großen Überraschung aller, denn die meisten Leute vergaßen, daß eine Gesellschafterin überhaupt Ohren hat, ergriff Miss Hetherington das Wort, und sie sprach mit großer Bestimmtheit.

Auguste hegte lebhaftes Mitgefühl für das Los der Gesellschafterinnen, die oft von besserer Herkunft waren als die Mädchen, denen sie als Anstandsdamen dienten, verwaiste höhere Töchter ohne das Geld für ein standesgemäßes Leben, die nur auf diese Weise ihren Lebensunterhalt verdienen konnten und deshalb einen unklaren Status zwischen Bedienten und Familienangehörigen besaßen.

Miss Hetherington schien in den Dreißigern zu sein, ihr Gesicht war vom Leben gezeichnet, aber sanft und zurückhaltend. Jetzt war es von entschiedener Mißbilligung ihrer Schutzbefohlenen gegenüber gerötet.

Daisy warf ihr einen zornigen, gekränkten Blick zu. »Papa läßt mich tun, was ich will. Er liebt mich.«

»Und deshalb möchte er, daß du eine passende Wahl triffst.«

Daisys Grübchen zeigten sich wieder, als sie ihre Bewerber betrachtete, und ihre gute Laune kehrte zurück. »*Jeder* hier ist passend. Ihr alle liebt mich doch, nicht wahr?«

Fünf Herren in Blazer und Strohhut nickten inbrünstig. Miss Hetherington warf ihnen einen vernichtenden Blick zu und trat näher an die Gruppe heran, entweder um ihre Schutzbefohlene besser zu überwachen oder um beim Lunch nicht übersehen zu werden. Sie setzte sich ehrbar ein Stück entfernt von ihnen ins Gras, und Matthews folgte ihr verlegen, während Auguste allen, die es wünschten, Teller mit Suppe reichte. Er beschloß, lieber nicht zu erwähnen, daß Mandeln auch zu den Bestandteilen dieser *crème d'été* gehörten.

»Nun, Auguste«, sagte Daisy ein Weilchen später, als sie zierlich an ihrem *aspic de volaille Didier* knabberte, »nun wünsche ich mir, daß du uns von all diesen gräßlichen Morden erzählst, die du so klug aufgeklärt hast.«

Er stand also wieder in ihrer Gunst. Auguste empfand glühende Liebe für die ganze Menschheit und besonders für Daisy.

»Meine erste Erfahrung mit einem Mord machte ich hier ganz in der Nähe, auf Stockbery Towers«, begann er und berichtete dann ausführlich, was sich da ereignet hatte. »Es war eine Angelegenheit, in die die höchsten Kreise unserer Gesellschaft verwickelt waren.«

»Und wie war es bei dem nächsten«, fragte Henry schadenfroh. »Bei dem ging es doch um Revuetänzerinnen, nicht wahr?«

Daisy machte ein schockiertes Gesicht, und Auguste beeilte sich zu versichern, daß es erstens Revuetänzerinnen der sehr gehobenen Art waren und daß zweitens das Verbrechen keine Rücksicht auf Klassenunterschiede nimmt.

»Nach meiner Erfahrung«, warf Horace gewichtig ein, »ist es nur eine Frage der Zeit, daß jeder Verbrecher seine verdiente Strafe erhält.«

»Dieser Meinung bin ich nicht, Herr Oberst.« Miss Hetheringtons Stimme klang scharf.

»Alice!« Daisy ärgerte sich über die Kühnheit ihrer Gesellschafterin, das Wort zu nehmen. »Was weißt *du* denn von Verbrechen?«

»Ich bin . . .« sie zögerte, »mit einem Opfer befreundet.«

»Einem Mordopfer?« hauchte Daisy vor Erstaunen, daß ihre langweilige Gefährtin solch ein Glück haben sollte.

»Einem Opfer von Diebstahl und arglistiger Täuschung«, erwiderte Miss Hetherington.

»Hat ihr jemand die Hutnadel gestohlen?« näselte Frederick.

»Nein. Ihr Herz.«

Daisy blieb der Mund offen. Gesellschafterinnen wurden nicht dafür bezahlt, ein solches Organ zu besitzen oder überhaupt zu kennen, aber Auguste, der ihre Überraschung bemerkte, schrieb sie liebevoll der Tatsache zu, daß für eine Achtzehnjährige die Gefühle des Herzens mit dreißig aufhören.

»Meine Freundin war die Tochter eines Domherren«, begann Miss Hetherington ohne weitere Umstände, »und stammte aus einer angesehenen Familie, denn er war der dritte Sohn eines Grafen. Sie war noch unverheiratet, als ihr Vater starb, und beschloß, sich die antiken Stätten Europas anzusehen, die ihr bis dahin verschlossen geblieben waren. Dank der Familie ihrer Mutter konnte sie sich das leisten, wie auch alles andere, was ihr Herz begehrte. Da sie romantisch veranlagt war, lag ihr sehr viel daran, die Ausgrabungen in Troja zu sehen, die Herr Schliemann einige Jahre zuvor vorgenommen hatte, und sie begab sich auf eine Seereise, die sie nicht nur nach Troja, sondern auf dem Wege dorthin auch nach Mykene und Tiryns führte. Aber es war Troja, das ihre Phantasie am meisten fesselte – und die des Herrn, mit dem sie sich auf dem

Schiff angefreundet hatte und der von ihrer Kenntnis der klassischen Schriften höchst beeindruckt schien. An der Stelle, an der Schliemann seiner geliebten Frau den Goldschmuck Helenas angelegt hatte, küßte er meine Freundin und bat sie, seine Frau zu werden. Gemeinsam würden sie ihr Leben der Erforschung der Geheimnisse der Vergangenheit widmen.

Sie wurden in aller Stille in Rom getraut, und sie hätte sich keinen aufmerksameren Gatten wünschen können – wobei sich seine Aufmerksamkeit insbesondere auch auf ihre finanziellen Angelegenheiten erstreckte. Ein deutscher Archäologe namens Wilhelm Dörpfeld wollte kurz darauf weitere Ausgrabungen in Troja unternehmen, weil er überzeugt war, daß Schliemanns Arbeit noch nicht die wirklichen Ruinen von Homers Troja zutage gefördert hatte. Ihm fehlte nur noch das Geld dafür, erklärte ihr ihr Gatte, und wie könnte man sein Geld besser investieren? Er wollte Dörpfeld sofort die freudige Nachricht überbringen und meine Freundin drei Monate später in Troja erwarten. Als sie dort ankam, war sie entsetzt, ihn nicht anzutreffen. Außerdem bestritt Dörpfeld, ihn überhaupt zu kennen, und wies ihr empört nach, daß Schliemanns Witwe und der Kaiser selbst die Expedition finanziert hatten. Ihr Geld war für immer verschwunden, wurde ihr klar, und ihr Ehemann offensichtlich auch.«

»Das ist eine sehr traurige Geschichte, Miss Hetherington«, bemerkte Auguste.

»Sie ist noch viel trauriger. Meine Freundin stellte fest, daß er nicht wirklich ihr Ehemann war.«

»Ein Bigamist?« schrie Daisy auf.

»O nein. Das hätte nicht zu seinen Plänen gepaßt. Er hoffte, eines Tages eine echte Ehe mit einer reichen Erbin einzugehen. Die Eheschließung meiner Freundin und einiger anderer Damen war deshalb von einem Herrn vorgenommen worden, der dazu keine Befugnis besaß.«

»Ihre Freundin muß sehr töricht gewesen sein«, meinte Cyril mißbilligend.

»Nur verliebt.«

Daisy schmollte wieder. »Du hättest uns die Geschichte lieber nicht erzählen sollen, Alice. Du hast mir mein nettes Picknick ganz verdorben.«

»Das kann nichts verderben, mein Goldstück«, erklärte Frederick. »Wenn wir alle mit dem Lunch fertig sind, suchen wir dir dann dein kleines Kaninchen?«

»Ach *ja*. Und zur Strafe, Alice, weil du versucht hast, mir mein Picknick zu verderben, bleibst du mit Matthews hier, bis wir zum Tee zurückkommen und Augustes schöne Bomben aufessen.«

»Das ist mir ganz recht, Daisy«, erwiderte Miss Hetherington ruhig. »Ich habe mein Skizzenbuch mitgebracht und werde ein Aquarell von diesen köstlichen Enten malen.«

Zu Augustes leiser Enttäuschung stellte sich heraus, daß damit nicht die Reste seines prachtvollen *salade de caneton* gemeint waren, sondern die wilden Wasservögel, die unter überhängenden Weiden gemächlich den Fluß Darenth entlangschwammen.

»Und wenn nun Miss Hetherington und Matthews all das Eis aufessen, bevor wir zurückkommen?« scherzte Henry. »Ich glaube, ich schleiche mich mal zurück und passe auf sie auf.«

»Dann hast du aber keine Zeit, ein Kaninchen zu fangen«, sagte Daisy streng. »Also kann ich dich auch nicht heiraten.«

Henry war entsetzt über seinen falschen Zug, wurde aber unabsichtlich vom Obersten gerettet, der scharf nachgedacht hatte. »Taktik, Miss Daisy. Es wird schwierig werden, ganz allein ein Kaninchen zu fangen.«

»Wenn du mich nicht heiraten willst, Horace …« begann Daisy.

»Aber natürlich, meine Liebe.« Horace hatte auch einen falschen Zug getan. »Nur als alter Soldat denke ich praktisch. Ich weiß noch, am Khaiber-Paß damals …«

»Ich verstehe«, unterbrach ihn Frederick, »wir gehen zu zweit.«

»Was für eine kluge Idee«, strahlte Daisy.

»Und da dann einer übrigbleibt, nehme ich dich zum Partner, Daisy.« Frederick war begeistert von seiner eigenen brillanten Strategie.

»Nein«, riefen Henry und Cyril gleichzeitig.

»Doch«, kicherte Daisy. »Auguste und Horace können zusammen gehen, weil sie beide ungezogen zu mir waren, und Henry und Cyril bilden das andere Paar.«

»Aber, meine liebe Daisy«, begann Cyril unsicher.

»Nun sag bitte nicht, das geht nicht. Willst du mich etwa auch nicht heiraten?«

»Doch«, rief Cyril mit vor Aufregung hoher Stimme, fuhr aber mutig fort: »Trotzdem erscheint mir die Einteilung unfair zugunsten von Frederick, denn wenn eins der anderen Paare gewinnt, gibt es Streit, wer von den beiden Männern mit deiner Hand beglückt wird.«

»Ach, so ein Mist.«

Cyril war entsetzt, solch rüde Sprache aus Daisys Munde zu hören, aber ihr Gesicht hellte sich schnell wieder auf wie der Aprilhimmel nach einem Schauer. »Jedes Paar kann mir eine Kette aus Gänseblümchen flechten, und wer die längste hat, den heirate ich.«

»Aber …« wollte Auguste auf die mangelnde Logik dieser Lösung hinweisen, doch er gab es auf. Er tröstete sich damit, daß seine Aussichten, Kaninchen zu fangen oder Gänseblümchenketten zu flechten, zumindest erheblich größer schienen als die von Horace. Auguste hatte schon viel Übung darin, Gänseblümchen für Daisy zu pflücken. Er erinnerte sich liebevoll an das letzte Mal: Auf ihr Geheiß hatte er nach und nach die Blütenblätter von einem Gänseblümchen abgepflückt und dabei verkündet: »Sie liebt mich, sie liebt mich nicht.« Das letzte einsame Blatt enthüllte: »Sie liebt mich nicht.« Daisy hatte daraufhin den unwiderleglichen Beweis dafür geliefert, daß Gänseblümchen nicht unfehlbar sind, denn sie hatte ihm erlaubt, sie zur Entschädigung zu küssen. Dieser Kuß war wie der erste Hauch von Erdbeercréme bavarois auf seinen Lippen.

Im letzten Moment brach noch eine Panik aus, als man feststellen mußte, daß der Rum für den Punsch zum Tee fehlte, aber dann konnte man doch zum Kaninchenfang aufbrechen. Matthews war vermutlich froh, den künstlerischen Bemühungen Miss Hetheringtons zu entkommen, und hatte sich auf den

Weg zum Dorf Lakenham gemacht, um den Rum zu holen, während Miss Hetherington am Ufer Stellung bezogen hatte, um die nächsten Enten zu verewigen, die sich unter den Weiden am anderen Ufer aufhalten würden. Frederick stürzte hinzu und half Daisy bei dem schwierigen Unterfangen, sich auf die Füße zu stellen und ihren Sonnenschirm aufzunehmen; Henry und Cyril liefen den Abhang hinauf und weiter durch den Wald auf die angrenzenden Wiesen, da dummerweise der Flachs das ganze Feld hinter ihnen einnahm. Hart auf den Fersen blieben ihnen ein eifriger Horace und ein ebenso eifriger Auguste (nachdem er den Rest des Lunches in Körben verstaut hatte und den Abhang hinaufgeeilt war, um sich zu vergewissern, daß die Sonne seine kostbare Eiskiste nicht erreichen konnte). Ein Kreischen Daisys ließ ihn sich umwenden, und er sah, wie Frederick sie den Abhang hinaufzog und sich schleunigst auf die Suche nach Kaninchen machte.

Unglücklicherweise war es nicht die beste Tageszeit für das Aufspüren von Kaninchen, und die erste Wiese ergab nicht das geringste Anzeichen von kleinen weißen Fellchen oder spitzen braunen Öhrchen, und da Henry und Cyril außer Sicht waren, schloß Auguste daraus, daß sie ihr Glück in größerer Entfernung versuchten. Nach ihren fernen Rufen zu urteilen hatten sie etwas aufgestöbert. Eilig nahm er die Verfolgung auf, tapfer gefolgt von Horace. Er überließ dem Meisterschützen Oberst Dawkins die Aufgabe, Kaninchen zu entdecken, und wandte sich den Gänseblümchen zu. Von Zeit zu Zeit warf er einen eifersüchtigen Blick zur anderen Seite des Feldes, wo Daisy mit Frederick entlangschlenderte, der halbherzige Versuche zum Kaninchenfang unternahm. Zog er etwa einen unfairen Vorteil aus seiner Nähe zu Daisy?

»Holla ho!« brüllte Horace. Auguste ließ die Blumenkette fallen und eilte ihm zu Hilfe. Horace stürmte einem Kaninchen hinterher, das erheblich jünger und flinker war als der Oberst und in eine sichere Hecke hineinsauste. Dann überlegte es sich das Langohr anders und tauchte ein Stück weiter wieder auf dem Feld auf. Bei seinem plötzlichen Sturmlauf prallte Auguste mit Frederick zusammen. Frederick war zuerst wieder auf den Beinen und warf sich mit einem Satz auf das Kaninchen mit all der Geschicklichkeit, die er oft auf dem Kricketplatz bewiesen hatte. Das Kaninchen war jedoch noch geschickter bei diesem Spiel, wenn auch nicht beim Kricket, und entging knapp seinem Zupacken.

»Macht nichts, Liebling«, flötete Daisy, »du findest schon ein anderes.«

»Beim Himmel, das erinnert mich an die Lanzenjagden auf Wildschweine in Puna.« Horace hatte Auguste wieder eingeholt, schwer keuchend und ganz rot im Gesicht vor Aufregung. »Damals hatte ich keine kleine Memsahib, die mich anfeuerte, aber nun werde ich bald eine haben.«

»Aber nicht, wenn wir all diese Kaninchen verfehlen«, meinte Auguste ärgerlich und raste wild einem anderen Kaninchen hinterher. Es verschwand, und als er sich umwandte, sah er, wie der Oberst glücklich versuchte, Gänseblümchen zusammenzuknüpfen. Das Glück, dachte er niedergeschlagen, würde ihm nie zuteilwerden. Das ganze Feld schien voll zu sein von Rivalen auf der munteren Jagd nach Kaninchen, und wenigstens ein Herr hatte anscheinend schon eine Blumenkette von fast zwei Meter Länge geflochten. Dann bemerkte er zu seiner Überraschung, daß einer der munter herumjagenden Herren Matthews war, der in seiner Hast, sie zu erreichen, fast über seine eigenen Füße fiel und unzusammenhängende Rufe ausstieß.

»Ist das ein Kaninchen, was der Kerl da in der Hand hat?« blaffte der Oberst beunruhigt.

»Ich glaube«, sagte Auguste, »das ist die Flasche Rum, die er kaufen sollte.«

»Vielleicht will er uns mitteilen, daß der Punsch fertig ist«, meinte Horace hoffnungsvoll.

»Kann nicht mehr länger auf die Kirschbombe warten, Didier«, lachte Frederick. »Oder vielleicht hat Miss H. alle Gurkensandwiches aufgegessen. Jedenfalls hat er es ziemlich eilig.«

»Doch wohl hoffentlich kein Raubüberfall«, befürchtete der Pfarrer.

»Da gibt's nichts zu rauben außer ein paar alten Gelees«, erklärte Henry.

Augustes Empörung über diese Kränkung seiner Berufs-
ehre schwand, als Matthews bei ihnen ankam, jetzt atemlos
stotternd, und er die Angst und den Schock im Gesicht des Kut-
schers erkannte.

»Sie ist tot«, brachte er schließlich heraus, »Alice ist tot.«

»Oh.« Daisy stieß einen leichten Schrei aus, und diesmal
blieben ihre flatternden Hände ganz still.

»Ein plötzlicher Schlaganfall? Herzkrank?« fragte Henry
nüchtern.

»Hat sie was Unrechtes gegessen?« fragte der Pfarrer nicht
sehr taktvoll, aber in seiner Besorgnis registrierte es Auguste
gar nicht.

»Es hat sie einer erledigt.«

»Ermordet?« fragte Auguste scharf.

»Selber hat sie's nicht getan.«

»Ich glaube«, sagte Daisy leise, »ich möchte nicht dorthin
zurückgehen.«

Man achtete nicht auf sie, denn ihre bis dahin ergebenen Ver-
ehrer dachten alle darüber nach, was ein Mord bedeutete.

»Ein plötzlicher Sturz?« fragte Henry hoffnungsvoll.

»Verdammt noch mal, ihr Schädel ist gespalten.« Bei der
Erinnerung an den Anblick mußte sich Matthews heftig übergeben.

Auguste schluckte und begriff, daß jemand die Führung dieser völlig bestürzten Gruppe übernehmen mußte. »Daisy,
meine Liebe, würdest du bitte nach Lakenham gehen und
einen Arzt und die Polizei holen?«

»Ach, das kann ich nicht, nein, wirklich nicht.«

»Matthews, dann müssen Sie gehen.«

»Moment mal«, fuhr Henry scharf dazwischen. »Wir waren
alle zusammen. Wir haben niemanden hier in der Gegend bemerkt, also von einem Landstreicher mal abgesehen ist Matthews der einzige, der es getan haben könnte. Wenn er sich nun
davonmacht?«

»Warum wäre er dann hergekommen, um uns zu holen?«
fragte Auguste ruhig, während sich Matthews empört schreiend dagegen verwahrte. »Bitte gehen Sie, Matthews. Daisy

kann hierbleiben, und wir anderen gehen zu der Leiche zurück.«

»Ach, ich kann doch nicht allein bleiben, wirklich nicht«, jammerte Daisy.

»Nun gut.« Auguste gab sich große Mühe, ruhig zu bleiben. »Horace und ich gehen zurück zur Leiche. Ihr anderen kommt mit, bleibt aber am Rand des Flachsfeldes, von wo aus ihr die Leiche nicht zu sehen braucht. Auf jeden Fall können wir nicht zu viele Fußspuren in der Nähe der Leiche gebrauchen. Dadurch könnten Indizien zerstört werden.«

»Kann Frederick nicht hier bei mir bleiben?« bat Daisy kläglich.

»Leider nein. Die Paare dürfen nicht ohne Begleitung allein bleiben.«

»Das verstehe ich nicht«, flüsterte sie.

»Er meint, wir waren alle zu zweit, mein Schatz«, erklärte ihr Frederick, »und da nur Matthews allein war, kann ein Paar gemeinsam gehandelt haben.«

»Haben wir doch. Wir haben gemeinsam Kaninchen gefangen.«

»Nein, meine Süße, Mr. Didier meint, wir könnten gemeinsam Alice ermordet haben.«

»Ich?« Der Anblick der wohlbekannten Tränen, die reichlich zu fließen drohten, blieb seltsamerweise ohne jeden Eindruck auf Auguste.

Im nächsten Moment erhoben Horace, Cyril und Henry gleichzeitig ihre Stimmen.

»Wie können Sie es wagen, Sir.«

»Ein höchst unchristlicher Gedanke.«

»Sie sind kein Gentleman, Sir.«

»Ça suffit!« Damit schaffte Auguste wieder Ruhe. »Wir müssen jetzt sofort alle Vorkehrungen treffen, wenn der Mörder nicht entweichen soll. Kommen Sie, Oberst. Wir gehen voran.«

Er war sich bewußt, daß jeder Schritt sie unerbittlich über die grüne Wiese zum Flußufer zurückführen würde, und bereitete sich innerlich auf den Anblick vor, der sich ihnen bieten würde, wenn sie durch den schmalen Waldstreifen zum

Picknickplatz kämen. Er wies Daisy, Frederick, Henry und Cyril zu dem Flachsfeld, wo die schreckliche Szene am Ufer ihrem Blick entzogen wäre, und dann stand er mit dem plötzlich schweigenden Horace oben am Abhang und blickte hinunter.

Sommertage am Fluß sollten blau und grün und weiß sein, aber nicht blutrot von zertrümmertem Knochen und Blut. *Kirsch*rot. Auguste spürte, wie Übelkeit in ihm aufstieg, als er den zerschmetterten Kopf dicht am Wasser erblickte. Daneben lag der Strohhut, und auf der anderen Seite, mit hellem und geronnenem Blut vermischt, eine seiner kostbaren *bombes de cerises*. Der letzte Rest des dicken roten Eises sickerte langsam aus der Metallform, die durch den Aufprall geborsten war, und mischte sich mit dem gerinnenden Blut auf Miss Hetheringtons Mantel.

»Kann ich irgend etwas tun?« Leicht verspätet in Anbetracht seines Berufes erschien Cyril oben am Abhang.

»Sie können beten, Herr Pfarrer.« Auguste erhob sich neben der Leiche. »Es gibt keinen Puls mehr.« Es war eine vergebliche Geste gewesen, danach zu suchen. »Jeder muß an seiner Stelle bleiben, bis die Polizei sagt, daß wir gehen können. Horace und ich kommen zu Ihnen. Hier können wir nichts mehr tun.«

Sie konnten wirklich nichts mehr tun. Wenn der Schlag mit der Metallform die nichtsahnende Alice Hetherington aus nächster Nähe von hinten getroffen hatte, würde das Gras nichts verraten, denn im Verlaufe des Picknicks waren viele Füße darüber hinweggegangen. Wenn die Eisbombe geworfen worden war, mußte der Aufprall noch heftiger gewesen sein, und er neigte zur Annahme, daß es so geschehen war. Auf jeden Fall hatte die Sonne allen weichen Boden getrocknet, der etwas von dieser düsteren Geschichte enthüllt hätte.

Düstere Geschichte ... Er erinnerte sich an die Geschichte, die Alice Hetherington erzählt hatte, von einer Freundin, die ihr Geld und ihr Herz an einen Heiratsschwindler verloren hatte. Sie mußte viel Mut aufgebracht haben, in diesem Kreis überhaupt zu sprechen und dann so ausführlich. Ihm war gleich eingefallen, daß die »Freundin« wahrscheinlich erfunden war und sie ihre eigene Geschichte berichtet hatte. Jetzt fragte er sich, warum sie sich auf so beharrliche und für sie ganz ungewöhnliche Weise in den Vordergrund gedrängt hatte.

Als er sich den anderen wieder anschloß, war eine lebhafte Diskussion im Gange, obgleich Daisy sich aus Protest die Ohren zuhielt. Sie nahm sofort die Hände herunter, als sie ihn erblickte.

»Ist sie wirklich tot, Auguste?«

»Leider ja, Daisy.«

»Wie mein kleines Kätzchen?«

»Ja.« Er hoffte, das kleine Kätzchen habe ein glücklicheres Ende genommen als die arme Miss Hetherington.

»Es muß ein Landstreicher gewesen sein«, behauptete Cyril unsicher.

»Woher sollte ein Landstreicher wissen, daß sich eine geeignete Waffe in der Eiskiste befand?« widersprach Henry.

»Vielleicht hatte Miss Hetherington eine Bombe herausgenommen, und der Landstreicher riß sie ihr aus der Hand.«

»Und sie hätte das Eis aus der Form gegessen?« fragte Frederick trocken.

»Von uns ist es keiner gewesen«, erklärte Horace. »So was macht doch kein anständiger Mensch, bringt eine Gesellschafterin um.«

»Was wichtiger ist«, betonte Henry, »von uns *kann* es keiner gewesen sein. Wir waren alle zu zweit.«

»Stimmen wir alle darin überein, daß wir die ganze Zeit entweder zusammen waren oder einander im Blick hatten?« fragte Auguste. »Daisy und Frederick?«

»Ja«, schluchzte Daisy. »Er ist so nett zu mir. So aufmerksam.«

»Henry und Cyril?«

Sie sahen einander an. »Ja«, stimmten sie zu.

»Oberst, für Sie kann ich mich verbürgen«, sagte Auguste. »Können Sie es auch für mich?«

Er nickte. »Keine Zeit, zurückzulaufen und … das zu tun«, brummte er.

»Wenn es also einer der Anwesenden war, dann müssen wir als Paar gehandelt haben.«

Daisy brach in Tränen aus. »Du bist schrecklich. Warum hätte ich die arme Alice umbringen sollen? Dich werde ich nicht heiraten, Auguste, so oft du mich auch darum bittest.«

Zum gegenwärtigen Zeitpunkt machte sich Auguste nicht sehr viel daraus. Vielleicht hatte der Tod sie wirklich geschieden. »Ich glaube, die Geschichte, die Miss Hetherington uns von dem Mißgeschick ihrer Freundin erzählt hat«, erklärte er ihnen unverblümt, »war in Wirklichkeit ihre eigene und als Warnung für einen der fünf Leute hier bestimmt, unter denen Daisy einen Ehemann zu wählen gedachte.«

Es herrschte Schweigen, während alle die Bedeutung dieser Feststellung verdauten.

»Oder Matthews?« fragte Cyril hoffnungsvoll. »Schließlich war Miss Hetherington eine Gesellschafterin, und Matthews gehört eher zu ihrem Stand.«

»Und Sie, Didier«, fiel Henry schnell ein mit der Miene eines Mannes, den es schmerzt, die Wahrheit sagen zu müssen, »Sie sind schließlich Koch.«

»Das ist aber nicht fair«, protestierte Frederick.

»Meine Herren«, sagte Auguste ruhig, »streiten wir uns nicht in Gegenwart der Leiche. Die Polizei wird gleich hier sein, halten wir also den Ablauf der Ereignisse fest. Henry und Cyril verließen das Flußufer zuerst, danach der Oberst und ich, und Daisy und Frederick kamen als letzte.«

»Matthews ging als erster.« Cyril schien darauf erpicht, die Schuld dem unglücklichen Kutscher zuzuschieben. »Er konnte zurückkommen, sobald wir fort waren.«

Daisy starrte ihn an. »Cyril, du hast es bewiesen. Wie gescheit von dir. Es war Matthews, der sie umgebracht hat. Ich werde Papa sagen, daß er ihn sofort entlassen soll.«

»Es kommt nicht darauf an, wer zuerst und wer zuletzt ging«, sagte Auguste, »da wir uns nun einig sind, daß jedes Paar während unserer ganzen Abwesenheit vom Flußufer zusammenblieb. Ich nehme an, wir sind alle der Meinung, daß in der kurzen Zeit, in der wir Kaninchen jagten, keiner von uns in der Lage war, sich allein hierher zurückzuschleichen?«

»Ein Mann Gottes sollte es wohl kaum nötig haben, sich zu

rechtfertigen«, erklärte Cyril gereizt, »aber ich kann bezeugen, daß Henry nicht dazu in der Lage gewesen wäre.«

Frederick versicherte ihnen, daß Daisy nicht in mörderischer Absicht zurückgesprintet wäre, und Daisy, daß Frederick ihr beständiger und unablässiger liebender Begleiter gewesen sei.

»Dann war es also doch Matthews«, erklärte Cyril triumphierend. »Wir können von Glück sagen, wenn wir ihn jemals wiedersehen.«

»Dann können wir jetzt von Glück sagen«, meinte Auguste gelassen. Er sah, wie oben am Rand des Flachsfeldes ein Polizist vom Rad stieg und ein Arzt und Matthews aus einem Einspänner kletterten. Die drei kamen rasch auf dem Fußweg vom Flachsfeld zu ihnen herunter.

Auguste beobachtete ihren Anmarsch und war sich immer noch nicht im klaren, wie der Mord begangen worden war. Im Hinterkopf hatte er eine Frage und den Anfang einer Idee, aber sie weigerten sich beharrlich, nach vorn zu kommen und sich mustern zu lassen. Er hatte das Gefühl, daß es etwas mit Essen zu tun hatte. Essen, Essen, Eiskrem . . . und dann wurde es ihm klar, gerade in dem Moment, als die Obrigkeit erschien und den Fall übernahm.

»Ein Inspektor ist auf dem Wege von Sevenoaks hierher, und ich muß Sie alle bitten, hierzubleiben.« Der Konstabler hatte offensichtlich auch die Absicht, bei ihnen zu bleiben, nachdem er einen kurzen Blick auf die Leiche geworfen hatte. Ein toter und blutiger Körper im Hochsommer war ein schrecklicher Anblick.

»Ich glaube, ich kann Ihnen erklären, wie Miss Hetherington starb«, sagte Auguste.

»Und wer sind denn Sie?«

»Ein Freund von Inspektor Egbert Rose von Scotland Yard.« Auguste faßte den Begriff Freundschaft etwas weiter und tröstete sich damit, daß er dem Inspektor immerhin geholfen hatte, einige Fälle zu lösen.

»War wohl ein Landstreicher?« fragte der Konstabler zögernd, beeindruckt und sich dessen bewußt, daß eine Lösung des

Falles, bevor seine Vorgesetzten erschienen, seine Aussichten erheblich verbessern würde.

»Leider muß ich sagen, daß ich glaube, es war einer der Anwesenden.«

»Wer?« Der Konstabler versuchte sich den Anschein zu geben, als sei er bereit, jeden der sieben Schurken zu fällen, wenn sie zu entkommen versuchten, aber er war mißtrauisch. Denn mit Ausnahme von Matthews waren sie alle Gentlemen, und einer von ihnen war der Pfarrer.

»Die tote Dame erzählte uns eine Geschichte aus ihrem Leben von einem Herrn, der bei weitem nicht das war, was er zu sein vorgab, und ich war mir sicher, daß er heute unter uns weilt. Das war der Grund, weshalb sie diese Geschichte berichtete. Ich prüfte jeden der Herren hier nacheinander. War Matthews wirklich ein Kutscher? Er stand schon seit zehn Jahren im Dienst der Familie Fitch, also schied er aus. Dann Oberst Dawkins. War möglicherweise seine Heereslaufbahn nur vorgespiegelt? Er war vielleicht eine Idee zu barsch und direkt.«

»Wie können Sie es wagen, Sir«, brüllte Horace.

»Oder war der Pfarrer gar kein Pfarrer? Er erschien seltsam lax, denn er kümmerte sich so gar nicht um das Opfer.«

»Ich kann kein Blut sehen«, gestand Cyril.

»Oder war Frederick kein Kricketspieler und nicht so wohlhabend, wie es den Anschein hatte? Oder Henry kein Erfinder?«

»Vielleicht sind Sie gar kein verdammter Küchenchef?« tobte Henry.

»All das …« Auguste überging die Beleidigung, schließlich hatten sie ja seine Meisterstücke genossen, »… konnte man nachprüfen, aber es würde Zeit erfordern. Dann erwog ich, daß der Mord an Miss Hetherington wahrscheinlich durch den Wurf mit einer Metallform voller Eiskrem verübt wurde, vermutlich von oben am Abhang herunter, damit die Schwerkraft die Wucht noch erhöhte. Es ist nur eine kurze Entfernung, etwa drei Meter, also leicht zu bewerkstelligen, wenn auch riskant für einen Anfänger. Wer etwas von den Bewegungen von Gegenständen im Raum versteht, könnte es tun. Frederick ist

Kricketspieler, der Oberst ein Meisterschütze mit einem scharfen Auge, und Henry erfindet Flugmaschinen. Einer von diesen dreien ...«

Cyril strahlte erleichtert. »Ausgezeichnete Logik.«

»... mußte das Verbrechen begangen haben, dessen war ich sicher. Aber wer und wie?«

»Und haben Sie es herausbekommen?« fragte Frederick gelassen.

»Ja. Nur Sie, Frederick, wußten, daß wir Kirscheis zum Tee essen würden, ohne daß ich das erwähnt hatte.«

»Ach ja, ich erinnere mich ...«

Frederick wartete den aufgeregten Kommentar seiner geliebten Daisy nicht ab. Er rannte durch den Flachs und versuchte, den Weg und das Fahrrad zu erreichen.

Henry, Cyril, Auguste und Horace stürmten hinter ihm her und arbeiteten diesmal als Quartett zusammen, um ihr Kaninchen zu fangen. Der überraschte Konstabler folgte in ihrem Kielwasser. Dem Obersten fiel der Ruhm zu, das gejagte Wild mit einer Geschicklichkeit zu fällen, die er seit den Tagen seiner Lanzenjagden auf Wildschweine nicht mehr bewiesen hatte.

»Das verstehe ich nicht«, beschwerte sich Henry, während Frederick in dem Einspänner zum Dorfgefängnis gebracht wurde. »Alles ganz schön und gut, aber wie hat er es denn gemacht?«

»Ich glaube, er hatte Miss Hetheringtons Warnung vor ihm verstanden und wußte, daß sie auspacken würde, falls er Daisys Hand gewann. Also nahm er eine Bombe aus der Eiskiste, die für ihn günstig im Schatten der Bäume oben am Abhang stand, und schleuderte sie auf die arme Dame hinunter. Bei seiner Geschicklichkeit konnte er sie kaum verfehlen, denn die Kirschbombe hat fast genau die gleiche Größe wie ein Kricketball.«

»Ach, Auguste, du bist so *klug*«, verkündete Daisy. »Ich glaube, ich werde dich doch heiraten, ganz gleich, was Papa sagt. Du hast mich vor diesem bösen Mann gerettet.«

»Miss Hetherington hat das getan, nicht ich.« Der Gedanke,

Daisy für immer zur Frau zu haben, flößte ihm nun Entsetzen ein.

»Die arme Alice.« Echte Tränen des Kummers traten jetzt in die schönen Augen.

Er zögerte. Schließlich war die Beweisführung gegen Frederick noch nicht vollständig. »Daisy, mein Liebling, warum hast du geschworen, daß Frederick die ganze Zeit bei dir gewesen wäre, wenn das doch unmöglich so war?«

Die blauen Augen starrten ihn in überraschter Unschuld an. »Aber er war es doch, Auguste.«

»Liebling«, sagte er sanft, »das kann doch nicht stimmen.«

»Na ja, immer außer ein paar Augenblicke«, gestand sie, »als wir durch den Wald gingen.«

»Aber warum hast du mir das nicht *gesagt?*« schrie Auguste.

»O nein!« Daisy brach in eine neue Flut von Tränen aus. »Du bist wirklich schrecklich, Auguste. Eine Dame nimmt es doch nicht zur Kenntnis ...«

»*Was* denn?«

»Wenn ein Herr einmal in die Büsche muß.«

Mord auf dem Bankett

»Gibt es so etwas wie einen perfekten Mord, Didier?« In der Stimme Leopolds, Großherzog von Transmenien, Ehrengast, lag ein spöttischer Ton, der dem Meisterkoch nicht entging.

Augustes schlimmste Befürchtungen bestätigten sich, als ihm dieser *vieux marron* von einem Klischee lässig hingeworfen wurde: er war nicht wegen seiner geschickten Hand bei einer *chartreuse à la Belle-Vue* eingeladen worden, dieses Galadiner am Abend des 60jährigen Regierungsjubiläums Ihrer Majestät der Königin Victoria zu bereiten, sondern dank seiner unfreiwilligen Erfahrungen auf dem Gebiet der Verbrechensaufklärung.

»Schon von der Definition her, Sir, würde sich ein perfekter Mord der Aufdeckung entziehen.« Ruhig gab Auguste diese ebenso klischeehafte Antwort, trotz des Ärgers, der in ihm aufwallte wie die Suppe in einem vernachlässigten Topf.

»Was versteht denn dieser Koch von Verbrechen?« rief Großherzog Wilhelm von Meinenberg.

»Seine Spezialität ist Mord, Wilhelm«, informierte ihn sein Erzfeind Leopold verbindlich.

»Das ist wohl ein transmenischer Witz?«

»Unsere Spezialität in Transmenien ist die Wahrheit«, sagte Leopold.

»Unsere Spezialität in Meinenberg sind Vorkoster. Ich werde nur von dem essen, wovon auch du ißt, Leopold.«

Der Großherzog von Transmenien kicherte, Auguste aber kochte vor Wut. Ein Witz – wenn es ein Witz war – über *sein* Essen war unerträglich.

»Sei unbesorgt, Wilhelm. Monsieur Didier klärt Morde auf, er begeht sie nicht. Er ist hier, um das perfekte Diner darzubieten, nicht den perfekten Mord.«

An seine Aufgabe erinnert, warf Auguste einen besorgten

Blick auf die Anordnung kulinarischer Meisterwerke in ihren Wärmpfannen: die Suppen, der Fisch, die *entrées, relevés, rôtis*, die riesige Auswahl von *entremets, desserts*, pikanten Nachspeisen – ja, selbst seinem perfektionistischen Auge schien alles bereit.

Das schimmernde Kristall und der fast ein Meter hohe Tafelaufsatz (ein sich verjüngender Turm aus dicht gesteckten Blüten – eine Kopie jenes Tischschmucks, der an diesem Abend die Tafel im Buckingham-Palast zierte –, mit einer Krone aus winzigen Rosenknospen darauf, in der durch kontrastierende Farben die Buchstaben VRI herausgehoben waren) auf dem runden Eßtisch würden seinen Speisen keine Schande machen. Vielleicht aber würden das die Tischgäste tun, ungeachtet ihres hohen Ranges? Verfügten sie wohl über jene Hingabe an die feineren Aspekte der Kochkunst, die erforderlich war, um ein Bankett à la Auguste Didier voll und ganz schätzen zu können? Die achtköpfige Gesellschaft hatte soeben Platz genommen, nachdem sie in dem am Eaton Square gelegenen Londoner Haus von Lord und Lady Simple die Treppe vom Salon herabgestiegen war. Bartholomew, Lord Simple, der Gastgeber, verstand sich besser darauf, Wild zu schießen, als dessen feinere Qualitäten auf dem Teller zu würdigen, und von der Gastgeberin, seiner Gattin Amelia, war kaum mehr zu erwarten. Auguste war in der Gesellschaft vielen Lady Simple begegnet; ihr Verstand schien sich nur in einem vom Diktat ihres Spiegels bestimmten Radius zu bewegen. Zu ihrer Linken saß als Ehrengast der elegante, hochgewachsene Großherzog Leopold und zu ihrer Rechten sein Erzrivale, Großherzog Wilhelm von Meinenberg, der alles andere als elegant und hochgewachsen war. Zur Linken Lord Simples hatte sich die Großherzogin Gerda niedergelassen, deren beachtlicher Umfang, in königlichen Purpur gekleidet, das Gegenstück zu dem ihres Gatten Wilhelm bildete. Neben ihr wiederum thronte der redliche Colonel Richards, ein *poisson froid*, dachte Auguste, trotz seiner scharlachroten Galauniform und seiner farbenprächtigen Purpurschärpe des Großordens von Transmenien; er genoß den Ruf großer Integrität. Zwischen ihm und

Wilhelm war die Schwester des Colonels, Penelope, plaziert, ein unscheinbares graues Vögelchen, das so recht zu dem prächtigen Gefieder Gerdas paßte. Sie war unverheiratet und hatte das vornehme, reinrassige Aussehen der englischen Aristokratin. Colonel Richards gegenüber, zwischen Leopold und dem Gastgeber, saß seine Gattin Jane, eine Rose von vollerblühter Schönheit, deren geschmackvolle schwarze Robe mit ihrem Minimum an Verzierungen Amelias mit verspielten Blümchen übersäten glänzendblauen Satin augenblicklich kindisch wirken ließ.

Alles alte Freunde, so hatte ihm Lord Simple gesagt. Weshalb dann aber, fragte sich Auguste, hatte er Zweifel, was den Erfolg des vor ihnen liegenden Abends betraf? Er beobachtete gespannt, wie die ersten Löffel voll Parmentier-Suppe mit Sauerampfer an schwatzende Lippen gehoben wurden. Keiner der Beteiligten ließ erkennen, daß sich die Erde bewegt hätte ob dieser kulinarischen Erfahrung, wiewohl niemand bezweifeln konnte, daß sie dem Jubiläum einer Königin angemessen war.

Diamanten! Das war der Grund seiner schlimmen Ahnungen. Warum hatte Lord Simple, durchaus kein übermäßig phantasievoller Mann, ihm aufgetragen, dafür zu sorgen, daß niemand Diamanten erwähnte an diesem Abend? Auguste hatte es fast vergessen über der Aufregung, ein neues Rezept für die Ortolane zu kreieren. Er war losgestürzt, um seine Freundin Emma Pryde zu fragen, die sich mit ihm in das Kochen geteilt hatte an diesem Abend und die sich eben jetzt unten in der Küche des Hauses am Eaton Square aufhielt, für den Fall einer Katastrophe auch nur beim kleinsten Detail. Sie hatte heiser gelacht, als er nervös fragte, ob er sich recht erinnere, daß die Großherzogin Gerda in Kimberley eine Diamantmine besitze, eine der wenigen noch unabhängigen, und daß sie überdies von der Idee besessen sei, ihre Mine würde eines Tages den größten Diamanten der Welt zutage fördern und in der Zwischenzeit solle niemand anders große Diamanten besitzen.

»Tust du, alter Knabe«, informierte ihn Emma liebenswürdig.

»Und habe ich nicht das Gerücht gehört, Großherzog Leopold sei der neue Besitzer des Cavillac-Diamanten?«

»Hast du, alter Knabe.«

»Und ist es da nicht möglich, daß das Wort Diamant erwähnt werden wird?«

»Ist es, alter Knabe. Aber wenn, dann geschieht ein Mord.«

Er hatte über diese Prognose nachgedacht, sie dann jedoch als eine von Emmas üblichen Übertreibungen verworfen. Jetzt überfiel ihn die Erinnerung daran mit beklemmender Wucht, wie der Geruch zu reichlich verwendeten Knoblauchs.

Amelia wandte sich an ihren Ehrengast und fragte, Auguste und fünf Lakaien unbekümmert ignorierend: »Ich habe im Vertrauen gehört, Leopold, daß du am Donnerstagabend dem Staatsempfang im Buckingham-Palast beiwohnen wirst.«

Leopold nickte. »Diese Ehre ist mir vergönnt, Amelia. James« – er sah Colonel Richards an –, »als ein persönlicher Freund des Prinzen von Wales wirst du doch gewiß auch zugegen sein.«

»Seine Königliche Hoheit hat mir die Ehre erwiesen, mich um mein Erscheinen zu bitten, Leopold. Meine Gattin desgleichen.«

Der Blick des Großherzogs verweilte einen kurzen Moment auf dem lieblichen Antlitz von Jane Richards. »In diesem Fall sehe ich dem Ereignis mit noch größerer Freude entgegen.«

»Ist es wahr«, fiel Amelia mit mehr Neugier als Takt ein, »daß du Prinzessin Victoria heiraten wirst?«

»Viele haben das zu hoffen gewagt und sind enttäuscht worden, Amelia«, erwiderte der Großherzog diplomatisch. »Sie ist die Tochter des Thronfolgers.«

»Man sagt, sie habe ihren Entschluß, niemals zu heiraten, geändert«, plapperte Amelia weiter, »und bedauere sogar, daß sie – du lieber Gott, wie ist doch sein Name, er ist Premierminister – nun, daß sie den abgewiesen hat.«

»Lord Rosebery heißt er, meine Liebe, aber er ist zurückgetreten, wenn du dich erinnerst«, half Barty liebevoll aus.

Penelope sprang edelmütig in die Bresche. »Ich bin sicher, wir alle wünschen Leopold das Beste, auf wen seine Wahl auch fallen mag.« Sie lächelte den Großherzog ruhig an.

»Meine liebe Penelope, welch eine charmante Gefühlsäußerung von einer alten Freundin.«

Wilhelm ließ ein Schnauben hören. »In Transmenien beginnt Liebe offenbar mit einem P wie Position. Wir in Meinenberg glauben an Demokratie.« Gerda war eine schlichte Miss Van Bartog gewesen, als er sie (und die Diamantmine ihres Vaters) heiratete.

»Bei uns in Transmenien kann das Volk zu seinen Herrschern aufblicken.«

Wilhelms Miene verfinsterte sich, und Auguste hätte fast applaudiert, als Gerda ihm mit dem ganzen Gewicht ihrer Person zu Hilfe kam.

»Meinenberg hat einen Erben, Leopold. Du hast keinen.«

»Es besteht wenig Veranlassung, Gerda, mich an eine Vergangenheit zu erinnern, die bedauerlicherweise passé ist. Ich denke jetzt nur noch an die Zukunft.«

»Warum hast du niemals geheiratet?« fragte Amelia neugierig.

»Aus Liebe.« Die Augen aller vier Frauen waren plötzlich auf den Großherzog geheftet. »Und dieser Abend« – sein Blick schweifte in die Runde – »gemahnt auf traurige Weise daran, was hätte sein können. Oh, seid unbesorgt. Ich werde keine Namen nennen.« Dennoch verbreitete sich Unbehagen, als die Herren plötzlich die tiefere Bedeutung seiner Worte erfaßten und die Damen einander verstohlene Blicke zuwarfen.

Was kam jetzt? Auguste hatte lediglich die Erwähnung von Diamanten gefürchtet, nun lag etwas weit Schlimmeres in der Luft – und obendrein war die Aufmerksamkeit auch noch von der *timbale de sole* abgelenkt worden.

»Ich bin, wie ihr wißt, in Oxford erzogen worden«, fuhr Leopold fort. »Damals habe ich euch alle ja auch kennengelernt. Jene Jahre waren die glücklichste Zeit meines Lebens, und die schlimmste.«

»Die schlimmste?« wiederholte Barty verblüfft.

»Ich habe in Oxford natürlich ein ausgefülltes gesellschaftliches Leben geführt. Und ich bin so mancher Schönheit begegnet, aber erst in meinem letzten Jahr dort fand ich die wahre Liebe. Oh, wie deutlich erinnere ich mich an den goldenen Schimmer eines langen heißen englischen Sommers. In meiner Erinnerung fällt kein Regen, blühen Rosen auf ewig, und in der Ferne trifft ein Kricketball das Schlagholz. Meine große Liebe war an meiner Seite. Ich sah uns gemeinsam Transmenien regieren. Wenn man jung ist, kann man sich keinen anderen Weg vorstellen als jenen, den man so heiß ersehnt, Vollkommenheit scheint greifbar nahe, so wie Mr. Didiers exquisite Timbale hier. Aber solch flüchtige Augenblicke im Paradies sind nur dazu gedacht, uns zu verhöhnen.«

»Und wie kam es, daß Transmenien dieser entzückenden Dame beraubt wurde?« knurrte Wilhelm.

»Mein Liebling empfand nicht dasselbe wie ich. Ich wurde aus dem Paradies vertrieben.« Leopolds Augen wanderten abermals langsam um den Tisch, als lasse der allzu große Schmerz sie keine Ruhe finden. »Von uns allen bin nur ich wirklich allein geblieben.«

Irgendwo im Zentrum von Augustes Rücken kollidierte ein Schauder unerklärlicher Furcht mit einem Prickeln lebhafter Neugier.

»Wohl keine gut genug für dich in Transmenien, wie?« gluckste Wilhelm.

»Lieber ein einziger Tag im Paradies als ein Leben lang in Meinenberg.« Leopolds pflichtschuldiger Retourkutsche fehlte ein wenig der Schwung.

»Und so hast du beschlossen, nicht zu heiraten?« kam Penelope flink Wilhelms nächstem Ausbruch zuvor.

»Ich glaubte, ich hätte vergeblich die Liebe gesucht. Schließlich hatte ja mein Bruder Kinder, die Thronfolge war gesichert. Nun habe ich abermals wahres Glück gefunden und werde durch doppelte Vollkommenheit belohnt: erstens in Gestalt der huldvollen Dame, die ich bitten werde, meine Frau zu werden, und zweitens in Gestalt des Cavillac-Diamanten, den ich, sofern meine Werbung für willkommen befunden wird, Ihrer Majestät Königin Victoria überreichen werde.«

Es folgte ein Augenblick absoluter Stille, unterbrochen durch die harte Stimme der Großherzogin Gerda, die nun keine Fröhlichkeit mehr erkennen ließ. »Ein Diamant? Du wagst es, den Cavillac-*Diamanten* zu erwähnen, Leopold?«

Warum mußte der Ehrengast dieses schreckliche Wort just

in dem Moment aussprechen, da als Höhepunkt des Abends die *ortolans au suc ananas* serviert wurden? schäumte Auguste innerlich.

»Ist das nicht der, auf dem ein Fluch ruht?« fragte Amelia munter. »Man sagt, wer ihn stiehlt, muß sterben.«

Gerda schlug mit der Hand krachend auf den Tisch. »Du behauptest, der Cavillac-Diamant ist ein Teil des als Großmogul bezeichneten Steins, den man Tavernier im siebzehnten Jahrhundert gezeigt hat. Er hat nie existiert. Es ist nur ein Märchen.«

»Mit einem glücklichen Ausgang«, erwiderte Leopold sanft. »Der Großmogul tauchte einige Zeit später im Besitz eines anderen Franzosen namens Cavillac wieder auf, der ihn in neun Steine von großer Schönheit zerschneiden ließ, und der beste davon ist mein Cavillac-Diamant. Nach Cavillacs unglückseligem Tod schmückte der Stein einen Hindu-Schrein. Dann wurde er gestohlen, und es schien ein Kette von Todesfällen zu folgen, bis der Stein durch Schenkung, nicht durch Diebstahl, in meine Familie kam, in deren Besitz er blieb, bis er schließlich mir vermacht wurde. Kein Fluch lastet auf mir oder auf ihr, die ihn von mir geschenkt bekommt. Nur auf jemandem, der ihn sich durch Diebstahl aneignet.«

»Du willst bei Ihrer Majestät eine gestohlene heilige Reliquie gegen die Hand der Prinzessin Victoria eintauschen?« fragte James langsam.

»O weh, ich fürchte, James billigt meinen bescheidenen Plan nicht.«

»Würdest du es billigen, daß ein goldenes Kreuz von einem Altar abgerissen wird? Der Stein gehört dorthin, wo er vor dreitausend Jahren gefunden wurde – nach Indien.«

»Er wurde als ein schlichtes Stück Mineral gefunden, nicht als heilige Reliquie. Und ich überreiche ihn in Demut Indiens Kaiserin.«

»In Meinenberg verwenden wir ein Wort für fünf leere transmenische Gefühle«, schnaubte Wilhelm.

»Das ist zweifellos der Grund dafür, daß Meinenberg keine Literatur besitzt«, erwiderte Leopold zuckersüß.

»Ich glaube nicht, daß du diesen Stein hast«, teilte Gerda

Leopold schroff mit. »Der Großmogul ist mit dem Kohinoor durcheinandergebracht worden.«

»Meine liebe Gerda, der Kohinoor gehört jetzt zu den britischen Kronjuwelen. Meines Wissens ist in letzter Zeit kein Raubüberfall auf den Tower von London verübt worden. Daher werde ich dir den Cavillac-Diamanten zeigen – *jetzt*!«

»Du hast ihn hier bei dir?« Gerdas Gesicht war hochrot vor Aufregung.

»Er begleitet mich überallhin.«

»Wo ist er?« Amelia schielte neugierig auf seinen Abendanzug.

»In der Schärpe des Großordens von Transmenien.«

Während Kellner abzuräumen versuchten und Auguste das Servieren des nächsten Ganges überwachte, holte der Großherzog mit fast absichtlicher Langsamkeit einen Gegenstand hervor und hielt ihn in seinen schalenförmig zusammengelegten Händen hoch.

Langsam öffnete er sie, und die schwarze Samthülle fiel auseinander. Prompt ließ Auguste jeden Anschein, ein perfekter *maître* zu sein, fahren und reckte den Hals, um besser sehen zu können. Der Diamant leuchtete, funkelte, faszinierte, Leopolds große Hand zur Hälfte ausfüllend. Das also war es, wofür Menschen töteten und getötet wurden, nun konnte er vielleicht begreifen, warum.

»Dieser Diamant wird mir, wenn ich ihn Ihrer Gnädigen Majestät zum Geschenk mache«, sagte Leopold weich, »ein größeres Glück bescheren, als ich es je genossen habe, seit ich mich vor zwanzig Jahren von meiner großen Liebe trennte.«

»Zeig her.« Gerdas Hand schoß brüsk vor, in Mißachtung jeglicher Regeln der Etikette, die es in Meinenberg geben mochte.

Leopold zögerte, zuckte dann aber leicht die Achseln, als wolle er sagen, daß einem Diamanten, auf dem ein solcher Fluch lag, nichts geschehen könne. Das Kribbeln in Augustes Nacken widersprach dieser Ansicht heftig. Er verfolgte den funkelnden Weg des Diamanten von Leopold zum zarten Händchen von Jane Richards, dann zu Bartys zitternder Hand, die ihn rasch an Gerda weiterreichte. Deren Hände schlossen sich augenblicklich über ihm, als könnte sie ihn zur Nichtexistenz zermalmen. Selbst Wilhelm machte eine unbehagliche Bewegung ob der Intensität von Gerdas Gesichtsausdruck.

»Soll ich ihn dir abnehmen, Gerda?« fragte James Richards zu ihrer Linken höflich. Zögernd trennte sie sich von ihm. In einem Anfall von Tollkühnheit oder vielleicht auch vor Erleichterung, daß der Cavillac sicher wieder bei ihm angelangt war, nachdem er die Runde um den Tisch gemacht hatte, plazierte Leopold ihn auf die Spitze der dicht gesteckten Blumenpyramide, so daß alle seine schimmernde Vollkommenheit über der Krone aus Rosenknospen sehen konnten. Auguste beobachtete das Geschehen voll Unbehagen, vorübergehend von den *entremets* abgelenkt. Sein Auge huschte von dem Juwel zu seinen eigenen Meisterwerken und wieder zurück, unsicher, worauf es sich konzentrieren sollte. Doch dann entschied der Anblick einer unkorrekt plazierten *pointe d'asperges* diese Frage.

»Ausgezeichnet, Mr. Didier«, bemerkte Jane Richards anerkennend über den Spargel. »Ihr Ruf ist wohlverdient.« Auguste strahlte hoch befriedigt.

»Sie brauchen sich also nicht in Ihr Schwert zu stürzen, Didier, so wie der Küchenchef des Königs, als der Fisch nicht rechtzeitig eintraf. Ein Tod in Ehren«, lachte Leopold.

»Wie außerordentlich für einen Dienstboten«, bemerkte Amelia.

»Selbst denen ist vermutlich ihr guter Ruf lieb und teuer«, scherzte Leopold.

Und zweifellos wert, daß man dafür Großherzöge erwürgt, dachte Auguste boshaft. Eines Tages ...

»In Meinenberg hätte sich der Küchenchef mit dem Fischlieferanten duelliert«, lachte Wilhelm dröhnend.

»In Transmenien haben wir zum Glück eine Rechtsordnung.«

»Eine Rechtsordnung hat Sir William Gordon-Cumming auch nichts genützt, als er, des Betruges beim Bakkarat beschuldigt, seine Unschuld beteuerte«, bemerkte Penelope ruhig.

»Als Gentleman hätte er den Anstand besitzen sollen, sich zu erschießen«, sagte Barty.

»Und angenommen, er *ist* unschuldig?« rief James.

»Du scheinst zu meinen, Ehre sei dasselbe wie ein guter Ruf, Barty«, sagte Jane scharf.

»Aber gewiß doch. Wenn meine Frau mit jemand anderem durchbrennt, dann steht meine Ehre auf dem Spiel, oder?« Barty schien überrascht zu sein, daß er dies erklären mußte, wenn auch nur einer Frau.

Auguste sann über diese Frage der Ehre nach; sicher kam es dabei doch auf den Charakter des einzelnen an und nicht auf seine Herkunft? Dieses Problem beschäftigte ihn bis zum Höhepunkt seines kulinarischen Abends, dem Augenblick seines Triumphes, als das Gas bis auf die schwächste Stufe heruntergedreht wurde und die Türen aufflogen, um den Weg frei zu machen für seine Jubiläumsschöpfung zu Ehren Ihrer Majestät. Umgeben von sechzig flackernden Kerzen, wurde auf einem Servierwagen seine großartige *pièce montée* hereingerollt. Da saß Ihre Majestät Königin Victoria in fast zwei Meter hoher Zuckerschaumpracht, die Juwelen aus durchsichtigem Gelee und Pistazien, der Thron aus zartem Biskuit gefertigt. Der Aufschrei des Staunens und Entzückens enttäuschte ihn nicht.

»Eure Hoheiten, my Lord, Ladies and Gentlemen ...« Als das Gaslicht schwächer wurde, erhob sich Leopold als Ehrengast, um seinen Tischgenossen zu bedeuten, daß der Augenblick für den Toast auf das Königshaus gekommen sei, und alle standen eifrig auf und scharten sich um die weiße Monarchin.

Auguste dachte an die in schwarze und graue Seide gekleidete kleine Gestalt unter einem weißen Sonnenschirm, die er früher am Tag in ihrem offenen Wagen hatte fahren sehen. Er hatte in den Jubel der Menge eingestimmt, als der Wagen unter den Blumenketten und funkelnden Girlanden, welche die St. James's Street überspannten, hindurchgerollt war, und sich den Aufzug, der die Kolonien von allen Enden der Welt repräsentierte, angeschaut. Es war, als wäre die »Illustrated London News« plötzlich lebendig geworden. Dem Wagen war der Königliche Festzug gefolgt, dann Leibgarde, Husaren, Dragoner und noch viele, viele andere. Er blickte auf seine *pièce montée* und war zufrieden. Auch er hatte seinen Beitrag geleistet.

Er winkte zum Zeichen, daß man das Gaslicht wieder heller

drehen solle, und die Damen und Herren nahmen ihre Plätze wieder ein in Erwartung des ihnen zustehenden Anteils am Leib Ihrer Majestät. Dann würde für Auguste der absolute Tiefpunkt folgen, wenn nämlich seine Kunst aufhörte, das Objekt kritischer Würdigung zu sein, und sich in ein bloßes Objekt der Verdauung verwandelte.

»Wilhelm!« In Gerdas Stimme schien ein Zittern hörbar.

»Ja, Gerda?«

»Der Diamant, er ist fort.«

Fünf Worte, enorme Wirkung. Auguste starrte entgeistert auf die leere Stelle.

»Ein hübscher Scherz, was?« sagte Leopold beherrscht. »Wilhelm, gib ihn freundlicherweise wieder her.«

»Ich habe ihn nicht.« Wilhelm schnappte nach Luft wie ein Fisch auf dem Trockenen.

Auguste zwang seine scheinbar gelähmten Glieder, sich zu bewegen. »Kann er vielleicht heruntergerollt und zu Boden gefallen sein?« fragte er. Konnte er, war er aber nicht, und Auguste sank prompt auf die Knie und verschwand unter dem Tisch, wo er zwischen Seidenröcken und schwarz behosten Beinen umherkroch. In regelmäßigen Abständen erschienen Gesichter verkehrt herum unter dem Tischtuch und zogen sich, entsetzte Worte ausstoßend, wieder zurück.

»Wenn das ein Scherz ist«, sagte Leopold grimmigen Blickes, »dann lege der Betreffende den Diamanten wieder zurück. Wir werden lachen, und das war es dann.«

Keiner rührte sich.

Auguste, der vergeblich gesucht hatte, rappelte sich auf in dem Bewußtsein, daß er das Kommando übernehmen mußte. »Schließen Sie bitte die Türen«, befahl er dem Oberlakaien, »und bleiben Sie selbst auch hier.«

Amelia schrie schrill auf.

»Vielleicht ist er zwischen die Blumen gefallen«, gab Jane ruhig zu bedenken.

»Ja.« Amelia griff dankbar nach diesem Strohhalm.

Neun Paar Hände rissen unverzüglich die Meisterleistung von dreißig Floristen in Stücke und verstreuten deren Kunst in Blüten und Blättern über die Tafel. Doch kein Diamant kullerte heraus. Auguste betrachtete aufmerksam den mit Blumenresten übersäten Tisch. Es mußte eine einfache Erklärung geben. Richtig, es war ein paar Augenblicke lang dunkel gewesen, aber selbst da war die Gefahr, beim Stehlen ertappt zu werden, immens gewesen.

»Didier?« Leopold wandte sich verzweifelt zu ihm um.

»Man sollte unverzüglich nach meinem Freund, Inspektor Rose von Scotland Yard, schicken.«

Erneut ein schriller Schrei von Amelia.

»Keine Polizei, Didier«, verfügte Leopold, »um unser aller willen. Der Diamant muß noch in diesem Raum sein, und eine Skandalgeschichte verbreitet sich rasch und unkontrollierbar. Sie sollen unser Polizist sein, wenn niemand etwas dagegen hat. Bist du einverstanden, Barty?«

Unverständliches Gemurmel ließ vermuten, daß er's war.

»Vielleicht war es eine Elster?« stöhnte Amelia matt.

»Ich denke, wir hätten es wohl bemerkt, wenn ein großer schwarzweißer Vogel durchs Fenster gekommen wäre«, teilte Penelope ihrer Gastgeberin gefühllos mit.

Auguste konzentrierte sich fieberhaft. War es ihm nicht gelungen, aus einer mißratenen Hollandaise eine völlig einwandfreie Sauce *à la Didier* zu machen? Nichts sollte für ihn unmöglich sein. Er fragte sich, welche Strafe nach der transmenischen Rechtsordnung wohl auf schmähliches Versagen stand.

»Ich bedaure, daß wir als erstes eine Leibesvisitation vornehmen müssen bei . . .«

»Uns?« half ihm Penelope aus der Verlegenheit.

»Ja, Madam.«

Wieder ein schriller Schrei von Amelia.

»Keine Angst, Amelia. Ich bin sicher, daß Mr. Didier nicht darauf bestehen wird, dich persönlich zu durchsuchen«, tröstete sie Penelope.

Auguste läutete, und wenig später wurde eine grimmig dreinschauende Emma, gewandet in ihre alte Küchenschürze statt in ihren üblichen gelben Satin, beauftragt, die Leibesvisitation bei den Damen durchzuführen. »Und wenn einer von euch«, ließ sie ihre Untergebenen freundlich wissen, »auch nur einen Zentimeter von dem Platz entfernt war, an dem er sich hätte befinden sollen, dann mache ich Hackepeter aus ihm!« Glücklicherweise stellte man rasch übereinstimmend fest, daß sich die Lakaien während der Dunkelheit am anderen Ende des Raumes aufgehalten hatten, und Auguste erzielte denselben Freispruch für sich selbst.

»Einen Diamanten wie den Cavillac kann man nicht so leicht zu Geld machen.« Er stürzte sich kopfüber in trübe Wasser. »Verbergung zum Beispiel könnte ein Motiv sein oder ...«

Gerda erfaßte den tieferen Sinn der Bemerkung in vollem Umfang. »Weshalb«, unterbrach sie heftig, »sollte ich die Existenz eines *indischen* Diamanten verbergen wollen, wenn die sowieso nicht an die Kimberley-Diamanten heranreichen?«

Wilhelm erhob sich mit einer gewissen Würde. »In Meinenberg duelliert man sich, Didier. Bedauerlicherweise nur mit Gentlemen.«

»Dann muß es bei euch sehr wenig Duelle geben«, kommentierte Leopold.

»Welche anderen Motive gibt es, Mr. Didier?« fragte Penelope taktvoll.

Auguste war nur zu gern bereit, fortzufahren. »Colonel Richards, der Diamant liegt Ihnen sehr am Herzen, nicht wahr?«

»So ist es.«

»Und Sie sind gegen die Heirat mit Prinzessin Victoria?«

»Ihre Eltern, Ihre Königlichen Hoheiten der Prinz und die Prinzessin von Wales, wünschen nicht, daß die Prinzessin heiratet. Als Freund verstehe ich natürlich ihren Standpunkt.« Die Antwort war so steif wie zu lange geschlagenes Eiweiß.

»Lord Simple, bei Ihnen sehe ich kein Motiv ...«

»Nett von Ihnen, Didier.« Lord Simples Ton verhieß nichts Gutes, was Augustes Rechnung betraf.

» ... soweit ich es bisher beurteilen kann«, beendete Auguste mit rotem Kopf seinen Satz.

Ein winziger Quietscher von seiten Amelias wurde durch Augustes nächste Äußerung rasch erstickt.

»Und nun zu den Damen. Aus dem, was Großherzog Leopold

vorhin sagte, läßt sich entnehmen, daß eine von Ihnen seine einstige große Liebe ist.«

»Haben Sie *gelauscht*, Mr. Didier?« Amelia war empört.

»Und wenn Sie«, fuhr Auguste, den Einwurf ignorierend, fort, »den Diamanten am Donnerstag nicht überreichen, Sir, könnte Ihre Werbung um Prinzessin Victoria gefährdet sein?«

»Gewiß, Didier.« Leopolds Stimme klang ein wenig überrascht. »Wenn ich mein Wort nicht halte, aus welchem Grund auch immer, sind meine Hoffnungen zweifellos zunichte.«

»Dann gebe ich zu bedenken, daß die Herzen der Damen mitunter nicht dem Verstand folgen. Ich habe erlebt, daß sie heftig dagegen sind, wenn sich ein ehemaliger Geliebter anderweitig verheiraten will, vor allem, wenn es eine vorteilhafte Partie ist, sogar wenn sie zu der betreffenden Zeit selber glücklich verheiratet sind oder« – Auguste zögerte – »wenn sie noch ledig sind und zu spät wünschen, es wäre anders.«

»Ich bin entzückt, verdächtig zu sein«, ließ Penelope ihn vergnügt wissen. »Ich würde mich nicht gern aus dem Kreis meiner sieben – nein, sechs Tischgenossen ausgeschlossen sehen. Ich vergaß, daß Barty ja bisher kein Motiv hat.«

Gerda schnaubte. »Offensichtlich habe ich zwei. Er kann eins von meinen haben.«

»Oh, ein Scherz à la Meinenberg!« bemerkte Leopold ernst.

Wilhelm stand auf. »Bringen wir die Durchsuchung hinter uns, Didier, dann werde ich diesen Flegel zum Duell fordern.«

»Wie weit soll ich mit dieser Durchsuchung gehen?« erkundigte sich Emma laut. »Bis zu ihrer ...«

»Das wird ziemlich offenkundig sein, denke ich«, unterbrach Auguste rasch, obgleich er das sichere Gefühl hatte, daß es *so* einfach nicht sein würde.

Jane, die ihm am nächsten war, hörte seine Worte. »Ich glaube, Mr. Didier meint, Mrs. Pryde, der Stein könnte in unseren Pompadours versteckt sein oder vielleicht sogar in unseren Korsagen.« Auguste unterdrückte den Impuls, auf Gerdas ausladendem Busen zu starren.

»In meiner ist zweifellos Platz«, behauptete Amelia selbstzufrieden.

Ihr Gatte lächelte liebevoll, als die Damen, zusammen mit Emma, ihrer Gastgeberin in deren Boudoir folgten. Auguste rief sich ins Gedächtnis zurück, daß er ein Küchenchef war, gewöhnt an absolute Macht über sein Personal. Theoretisch bestand kein Unterschied zwischen Großherzögen oder Colonels und Küchenjungen, sagte er sich fieberhaft.

»Ich würde gern mit Ihnen anfangen, Sir«, begann er fest, sich an Leopold wendend.

»Mit mir?« fragte Leopold überrascht und lachte dann. »Ich nehme an, es ist gut vorstellbar, daß ich meinen eigenen Diamanten gestohlen habe.«

Nie zuvor hatte er einen Großherzog abgetastet. Auguste erinnerte sich an Egbert Roses Methoden, die er oft beobachtet hatte, und trug eine Unbekümmertheit zur Schau, die er nicht empfand, während er seine Hand unter die Purpurschärpe des Großordens von Transmenien (erster Klasse) schob.

Es fiel kein Juwel heraus. Fast begierig bot sich Wilhelm als nächster zur Überprüfung an, und als diese ergebnislos blieb, funkelten seine Augen in glücklicher Vorfreude. »Gleich kommt das Duell«, zischte er Leopold zu.

Colonel Richards löste ihn ab, und seine leuchtende Uniform mit der schlecht dazu passenden Purpurschärpe des Transmenischen Ordens zu durchsuchen nahm schon mehr Zeit in Anspruch. Am Knoten der Schärpe fühlte Auguste etwas Hartes, und sein erster Gedanke war, es sei das Koppel, sein zweiter, es sei nicht das Koppel. Es war hart und fest hineingezwängt. Widerwillig zog er seine Hand zurück, die den Fund umklammert hielt.

Leopold starrte auf den Diamanten, den Auguste ihm in die Hand legte. »Er ist tatsächlich verflucht, James.«

»Leopold, ich *habe* ihn nicht gestohlen!« rief James fieberhaft, die Wangen leichenblaß vor Bestürzung. »Du mußt mir glauben.«

»Wie sonst könnte er wohl in deine Schärpe gelangt sein?«

»Er muß dort hineingesteckt worden sein.«

»Nur deine Nachbarin zur Rechten hätte ihn hineinstecken können«, erwiderte Leopold.

Wilhelm quollen fast die Augen aus dem Kopf. »*Meine Frau?* Zwei Duelle, drei Duelle werden nicht genügen, um diesen Schimpf auszulöschen. Das ist ein transmenischer Gaunertrick.« Er hüpfte fast auf und ab vor Wut. »Warum sollte Gerda den Diebstahl James anlasten wollen, wie? Sage mir das, du transmenischer Gauner!«

»Ich fürchte, es ist sehr unwahrscheinlich, Sir«, sagte Auguste unglücklich zu Leopold, denn es tat ihm leid, mit ansehen zu müssen, wie ein als redlich geltender Mann wie James Richards als Täter entlarvt wurde. »Colonel Richards ist der entschiedenen Ansicht, daß der Diamant an Indien zurückgegeben werden sollte.«

»So ist es«, erwiderte James gestelzt. »Aber ich habe den Diamanten nicht gestohlen. Ich bitte euch, mir zu glauben.« Sein Blick wanderte zu seinen vormaligen drei Freunden, entdeckte jedoch kein Erbarmen. »Nun gut«, fuhr er gelassen fort. »Heute abend haben wir über Ehre und Reputation diskutiert. Ich werde mich unverzüglich nach Hause begeben. Bitte entschuldigt mich bei meiner Frau. Penelope wird sich um sie kümmern.« Ruhig verließ er den Raum.

Fassungslos hastete ihm Auguste hinterher, sah, wie er das Haus durch den Vordereingang verließ, und kehrte einigermaßen verwirrt zu den anderen zurück.

»Er zieht diese Lösung vor«, sagte Barty betreten.

Darauf herrschte Schweigen, und Auguste wurde blaß. »Sie meinen, er wird sich umbringen?« fragte er entsetzt.

»Ihm bleibt keine andere Wahl«, sagte Barty schroff. »Er weiß, daß man es dem Prinzen von Wales wird mitteilen müssen – und Sie wissen, was das bedeutet.«

Auguste wußte es. Er dachte daran, welches Schicksal einen von der Gesellschaft Ausgestoßenen erwartete – ein elendes Leben im Ausland, entehrt und verarmt. Aber *lebendig*!

»Ich bestehe darauf, daß wir es Mrs. Richards *sofort* mitteilen.« Auguste eilte die Treppe zum Boudoir hinauf, wobei ihm Amelias spitze Schreie den Weg wiesen, und wartete kaum die Antwort auf sein Anklopfen ab, bevor er hineinstürmte.

»Das ist nicht die Garderobe der Gaiety Girls, Auguste«, schrie Emma.

Er hörte sie nicht einmal. Er ging schnurstracks zu Jane. »Ihr Gatte, der Stein, Madam, Ihr Gatte ist gegangen.«

Ihr Gesicht wurde weiß, und ohne ein Wort stürzte sie an ihm vorbei, eilte die Treppe hinunter und aus dem Haus.

Etwas stimmte nicht!

»Emma«, rief Auguste. »Erinnerst du dich an das Silberbankett? Die *crème bavaroise* war zu fad. *Jetzt* ist mir das klar!«

»Wie können Sie über Essen reden, wo der arme James so entehrt ist?« jammerte Amelia.

Auguste ignorierte sie, fieberhaft die Rezeptur des Abends enträtselnd. Theoretisch hätte jeder am Tisch sich im Dunkeln vorbeugen und diesen Diamanten nehmen können. In Wirklichkeit aber war alles ganz anders gewesen.

Er rannte aus dem Boudoir, betete, daß er nicht zu spät käme, und erreichte die Eingangstür just in dem Augenblick, als der Colonel im Begriff war, mit seiner schluchzenden Frau in eine Droschke zu steigen. »Colonel Richards, ich glaube, daß Sie unschuldig sind«, rief Auguste. »Bitte kommen Sie zurück.«

»Sie halten also meine Frau für schuldig? Pistolen, Didier. Sie werden sterben, Gentleman oder nicht Gentleman«, bellte Wilhelm, während sich die Herren in die Eingangshalle drängten. Die Damen kamen die Treppe herabgeeilt, und schließlich kehrte ein widerstrebender James, geführt von seiner Frau, ins Haus zurück.

»Nicht die Großherzogin«, sagte Auguste. »Ich glaube, diese ganze Vorstellung ist ein Trick gewesen.« Er hielt inne. »Ein transmenischer Trick. Ist es nicht so, Sir?« fragte er den Großherzog dieses Landes.

»Didier?« Der Großherzog schaute leicht erstaunt drein.

»Es war nicht *ein* Diamant, sondern zwei.«

»Dann ist Leopold wohl ein Zauberer?« fragte Gerda verblüfft.

»Sagen wir, ein Illusionist, *madame*. Habe ich recht, Sir?«

Leopold zuckte die Achseln. »Ich glaube, Birmingham ist führend in der Herstellung solcher Similisteine.«

»Was ich gesehen habe, war ein *Diamant*«, grollte Gerda. »Indisch, minderwertig, aber ein Diamant.«

»Aber was ich bei Colonel Richards gefunden habe, war eine Imitation.«

»Didier, ich gratuliere Ihnen. Ihr Talent als Detektiv übertrifft Ihre Fähigkeiten als Koch bei weitem. Die *pêches Victoria* waren abscheulich. Bitte verraten Sie mir, was mit dem echten Stein geschehen ist, falls Ihre Geschichte stimmt.« Leopold schien amüsiert.

»Sie standen im Dunkeln auf, um mit weit ausholender Geste einen Toast auszubringen, so daß die Augen der Tischgesellschaft meinem Meisterwerk zugewandt waren.« Auguste ließ seine Stimme neutral klingen. »Als Ihre Hand zurückschwang, nahm sie den Diamanten mit.«

»Und das Risiko, dabei gesehen zu werden, Didier?«

»Was für ein Risiko? Sie hätten doch lediglich Ihr Eigentum aus Sicherheitsgründen wieder an sich genommen.«

»Ach! Dieser Kerl ist schlau«, brüllte Wilhelm aufgeregt, obwohl nicht klar war, wen er damit meinte.

»Aber guter Mann, Sie haben mich doch durchsucht. Wo ist der Cavillac, wenn der arme James nur einen Birmingham-Similistein gestohlen hat?«

»An Ihrem Körper, glaube ich. Davor befand er sich weiterhin auf dem Tisch, wahrscheinlich in dem Glas, aus dem Sie tranken. Ich habe häufig beobachtet, daß ein durchsichtiger Gegenstand aufgrund der von Flüssigkeiten hervorgerufenen interessanten optischen Täuschungen in geschliffenem Glas nahezu unsichtbar ist, vor allem in bestimmten Weinen. Ich bin jedoch sicher, daß Sie ihn inzwischen wieder aus dem Glas herausgenommen haben.«

»Eine bewundernswerte Theorie, Mr. Didier, aber wie könnte er den falschen Diamanten in meine Schärpe getan haben?« fragte James ruhig.

»Ganz einfach. Der Stein wurde im Salon in Ihre Uniform gesteckt, bevor Sie zum Dinner herunterkamen.«

»Aber natürlich«, rief James. »Wir saßen ja nebeneinander. Doch wenn ich ihn nun gefunden hätte?«

»Dann hätte Seine Hoheit eine exzellente Vorstellung gegeben und erklärt, daß Sie wohl einen raffinierten Diebstahl geplant haben müßten. *Ein* Ziel war in jedem Fall erreicht. Sein anderes Ziel war, der Großherzogin auf plausible Weise einen politischen, vielleicht sogar einen persönlichen Makel anzuhängen.«

Leopold lächelte. »Guter Mann, wie hätte ich denn vorher wissen können, wo die liebe Gerda sitzen würde? Ich bin ein Gast, nicht der Gastgeber!«

»Weil es bei acht Personen am Tisch nur eine Möglichkeit gab. Sie als Ehrengast würden zur Linken Ihrer Gastgeberin sitzen und Großherzog Wilhelm als der andere ranghöchste Gast zu ihrer Rechten. Die Großherzogin als ranghöchste Dame würde zur Linken des Gastgebers sitzen, was bedeutete, daß der Colonel neben ihr plaziert sein würde mit entweder seiner Gattin oder seiner Schwester zu seiner Linken.«

»Aha.« Leopold hielt inne. »Entgegen der Ansicht Wilhelms, Didier, neige ich nicht zu üblen Scherzen. Hatte ich zufälligerweise ein Motiv für diese phantasievollen Intrigen?«

»Ja, Sir. Ihr Plan war es, den perfekten Mord zu inszenieren. Das Opfer ist gezwungen, sich zu erschießen, nachdem es fälschlicherweise eines unehrenhaften Vergehens beschuldigt und von seinen Freunden verurteilt wurde.«

Das darauf folgende entsetzte Schweigen wurde von Leopold gebrochen, der den Kopf zurückwarf und lachte. »Bewundernswert. Und angenommen, Sie haben recht mit dieser Phantasiegeschichte, was nun, Didier? Ich habe meinen Diamanten, aber ich bin sicher, daß James Ihre Theorie dem Prinzen von Wales übermitteln wird, nicht wahr, James?«

»Du wirst den Stein dorthin zurückgeben, wohin er rechtmäßig gehört, Leopold – nach Indien.« James' Stimme bebte vor Erregung. »Du wirst es daher als deine Ehrenpflicht betrachten, von deiner Bewerbung um die Hand der Prinzessin Abstand zu nehmen.«

Leopold lächelte. »Du bist immer so redlich, James.«

»Immer.« Die Stimme des Colonels klang kalt.

Selbst nach dem feinsten Bankett war das Aufräumen stets alles andere als ein Vergnügen. Emma war mitsamt ihrem Trupp verschwunden; die Knochen der Ortolane und die Gräten der Seezungen, der getrocknete Sauerampfer auf den Suppentellern und die strähnigen Spargelenden blieben zurück. Das Jubiläumsbankett hatte mit einem von Auguste nicht vorhergesehenen Sturm geendet, doch er hatte ihn sicher überstanden. Er hörte, wie hinter ihm die Tür geöffnet wurde, und als er sich umdrehte, erblickte er Großherzog Leopold, angetan mit Abendmantel und Zylinder, wie er neugierig dieses Zeugnis der Mühe anderer betrachtete.

»Sie sind ein schlauer Bursche, Didier.«

»Warum haben Sie diesen Mord geplant, Sir?«

»Sie haben doch sicher eine Theorie?«

»Aus Rache, Sir, für Ihre verlorene Liebe. Jane Richards zog einen einfachen Colonel Ihnen, einem zukünftigen Großherzog, vor. Welch bessere Möglichkeit hätte es gegeben, sie leiden zu lassen, als durch Schande und Tod ihres Gatten?«

Eine Pause. »Habe ich je gesagt, daß meine große Liebe eine Frau war?«

Der Fall des getreuen Gefolgsmanns

»Sie haben recht, mein lieber Watson. Es mag in der Tat die Stunde gekommen sein, da es im Interesse unserer großen Nation liegt, daß Ihren Lesern gestattet sein sollte, die volle Wahrheit über meine Indisposition von siebenundneunzig zu erfahren.«

Wie so oft schon in der Vergangenheit hatte sich mein alter Freund mitten in meine Gedanken eingeschaltet. »Woher wissen Sie denn …«, begann ich. Doch weshalb sollte ich eigentlich erstaunt sein, daß seine Fähigkeiten der Beobachtung und Deduktion ungetrübt blieben trotz der Jahre der Zurückgezogenheit im Hügelland von Sussex und obwohl es mir die Umstände jetzt nur selten erlaubten, Mr. Sherlock Holmes zu besuchen. An einem Sommertag des Jahres 1911 hatten wir es uns in seinem schönen Bauerngarten bequem gemacht, und ich hatte gerade die schwerwiegende Meldung studiert, die in meiner Zeitung stand.

Holmes zuckte die Achseln. »Sie sind in den Bericht der ›Times‹ über diese Agadir-Krise vertieft. Ich bemerkte Ihr Stirnrunzeln und die Tatsache, daß Sie den Bericht mehrmals lasen; daher war es für mich mehr als simpel, zu schlußfolgern, daß Sie der Ansicht sind, die Entsendung des Kanonenbootes nach Marokko beweise, daß eine gewisse große europäische Nation abermals die Muskeln spanne und ihren Schatten über den Frieden nicht nur Europas, sondern sogar des Britischen Empires werfe. Von da war es nur noch ein kleiner Schritt, aus Ihrem unbewußten Blick auf mich zu schließen, daß Ihrer Meinung nach der unglückselige Fall des getreuen Gefolgsmanns nun der Welt bekannt gemacht werden sollte. Ich stimme zu, muß aber darauf bestehen, daß es verhüllt, in angemessener Anonymität geschieht.«

»Selbstverständlich, Holmes«, erwiderte ich steif, ein wenig beleidigt, daß mein alter Freund unterstellen konnte, ich besäße so wenig Feingefühl, die Identität jener Personen preiszugeben, die an den Diensten für die Nation beteiligt gewesen waren, welche dazu geführt hatten, daß Holmes im Juni 1902 die Ritterwürde angeboten wurde, also im Krönungsmonat (hätte nicht Krankheit den Aufschub der Feierlichkeit bedingt) unseres seligen, gnädigen Monarchen Edward des Friedensstifters. Diese Dienste waren aus Gründen, die notgedrungen ungenannt bleiben müssen, etliche Jahre zuvor geleistet worden, im Frühling und Frühsommer siebenundneunzig, zu einer Zeit, da die Welt annahm, Holmes wäre krank, eine Fiktion, die ich aus den allerhöchsten Motiven bisher hatte unterstützen müssen. Seine eiserne Konstitution, schrieb ich – wahrheitsgemäß –, hätte einige Symptome der Schwächung gezeigt. In Wirklichkeit war das nicht der Fall gewesen.

An einem frostigen Tag Ende Februar 1897 saßen Holmes und ich in unserer Wohnung in der Baker Street beim Lunch, als ein Telegramm eintraf. Das war durchaus kein ungewöhnliches Ereignis, aber ich hielt in meiner Beschäftigung mit Mrs. Hudsons Hammelkotelett sogleich inne, als sich Holmes' Gesicht plötzlich veränderte: heftigem Erröten, begleitet von einem Aufblitzen der Augen, folgte ein Ausdruck tiefster Nachdenklichkeit. Er reichte mir das Telegramm, die Brauen zu zwei dunklen Strichen zusammengezogen.

»Komm sofort in meinen Club. Mycroft.«

»Wenn Bruder Mycroft befiehlt, und noch dazu in der Stunde des Lunches, dürfen wir sicher sein, daß gewichtige Dinge im Gange sind, Watson.«

»Soll ich Sie begleiten, Holmes?«

»Aber selbstverständlich. Wir brechen unverzüglich auf. Mrs. Hudson wird uns zweifellos vergeben, daß wir auf ihren exzellenten Siruppudding verzichten. Statt seiner rieche ich Gefahr, obwohl von einer Art, die, so meine ich, Ihre Pistole nicht erforderlich machen sollte.«

Keine halbe Stunde später wurden wir in ein Privatzimmer des Diogenes Clubs an der Pall Mall geführt – einer der wenigen Orte, wo Sprechen erlaubt war in diesem Club höchst ungeselliger Gentlemen. Dort erwartete uns nicht nur Mycroft, sondern noch drei weitere höchst distinguierte Besucher. Die Reste eines hastigen Lunches deuteten darauf hin, daß die Herren bereits einige Zeit dort versammelt waren. Zwei der Besucher erkannten wir sofort, und in der Tat hatte Holmes bei früheren Anlässen Fälle für sie übernommen, insonderheit beim Abenteuer mit dem Zweiten Fleck. Wenn etwas geeignet war, uns vom Ernst der Umstände, die uns hierhergerufen hatten, zu überzeugen, dann war es die Anwesenheit des ältlichen Lord Bellinger, erneut britischer Premierminister, sowie des jüngeren, scharfäugigen, eleganten Trelawney Hope, abermals, nach eigener Wahl, Staatssekretär für europäische Angelegenheiten. Der dritte Herr war Sir George Lewis, Rechtsbeistand in delikaten Fragen für die Vornehmsten im Lande. Auch er war für Holmes kein Unbekannter, wiewohl meine Gegenwart bei ihm ein rasches Stirnrunzeln auslöste, das erst durch ein Nicken Lord Bellingers wieder beseitigt wurde. Holmes' Bruder Mycroft saß in ihrer Mitte, eine riesige, plumpe Spinne im Zentrum des Netzes von Regierungsdiplomatie und -intrige.

»Ich hatte nicht gedacht, daß wir noch einmal Ihrer Dienste bedürfen würden, Mr. Holmes«, begann Trelawney Hope. »Ihr Bruder hat uns mitgeteilt, daß Sie im Augenblick außerordentlich beschäftigt sind.«

»So ist es.«

»Wir müssen Sie ersuchen, alles andere beiseite zu legen zugunsten der einen Aufgabe, die zu übernehmen ich Sie jetzt bitten werde.«

»Das ist kaum machbar, Mr. Hope.« Holmes war verblüfft über dieses Ersuchen. »Da ist der interessante Fall des Verschwundenen Hausierers und dann die Sache mit den Zehn schwarzen Kopfkissenbezügen.«

»Belanglose Kleinigkeiten, Sherlock«, murmelte Mycroft. Von keinem anderen als seinem Bruder hätte Sherlock Holmes dies ohne erheblichen Widerspruch hingenommen.

»Nun, nun, das mag zu einem späteren Zeitpunkt erörtert werden.«

»Lassen Sie mich erklären, Mr. Holmes. Ich handle im Auftrag eines« – Sir George hüstelte leicht, als müsse er sich überwinden, auch nur so viel preiszugeben – »eines adligen Klienten von höchstem gesellschaftlichem Rang, der besorgt ist im Hinblick auf seine Mutter, eine – äh – Dame ehrwürdigen Alters«, Lord Bellingers und Mr. Hopes Augen waren vorübergehend von uns abgewandt, »welche die größte Achtung und Zuneigung der Öffentlichkeit genießt und welche nicht die mindeste Kenntnis hat von den Ereignissen, die ich Ihnen sogleich schildern werde. Und sie darf auch niemals davon Kenntnis erhalten. Das ist unumgänglich. Seine Mutter – nennen wir sie Lady X …«

»Wenn Sie darauf bestehen«, willigte Holmes in gelangweiltem Ton ein.

»Lady X«, fuhr Sir George eilig fort, »ist die Herrin eines außergewöhnlich großen Haushalts in London und mehrerer Landsitze. Sie ist nach einer überaus glücklichen Ehe früh verwitwet, und obgleich sie mit einer großen und liebevollen Familie gesegnet ist, kam es, als sich einer nach dem anderen verehelichte, unvermeidlich dazu, daß sie sich in ihrem Privatleben, das den Augen der Öffentlichkeit verborgen ist, immer mehr auf eine große Gruppe von Bediensteten verließ, und auf einen im besonderen, einen getreuen, ergebenen Diener, der ihr persönlicher Beistand und Vertrauter war in einem solchen Maße, daß es bei einigen ihrer Berater Beunruhigung auslöste, obwohl er ein durchaus ehrlicher Bursche war.«

»Zur Sache, Sir George. Ich glaube, daß dieser getreue, ergebene Gefolgsmann, von dem Sie reden, seit vierzehn Jahren tot ist«, sagte Holmes, einige Ungeduld verratend.

Sir George neigte trotz seiner offensichtlichen Besorgnis leicht amüsiert den Kopf. »Wie stets haben Sie recht, Mr. Holmes. Er starb auf einem der größeren Landsitze von Lady X, und danach wurde sein persönliches Eigentum selbstverständlich seiner Familie in Schottland übergeben. Er hinterließ kein Testament, und Ihre Ladyschaft richtete an seinen bestellten Nachlaßverwalter das Ersuchen, alle Korrespondenz, die sie und der Verstorbene über Angelegenheiten, die Besitzung betreffend und so weiter, geführt hätten, herauszulösen und an sie zurückzugeben. Dies geschah, oder zumindest glaubte man, es wäre geschehen.«

»Man glaubte es?«

»Wir haben Grund zu der Annahme, daß *ein* Brief niemals die Sicherheit des Archivs von Lady X erreicht hat. Der Bibliothekar hält die Korrespondenz unter Verschluß, ganz abgesehen von seinem eigenen Ablagecode. Er ist absolut sicher, daß die Korrespondenz nicht angerührt wurde, seit sie in seinen Besitz gelangte. Ich brauche wohl kaum zu erwähnen, daß er selbst über jeden Verdacht erhaben ist. Heute morgen jedoch, Mr. Holmes, erhielt ich einen Brief ohne Unterschrift, der mich davon in Kenntnis setzte, daß der Schreiber einen Brief von Lady X an ihren Gefolgsmann in Besitz habe und bereit sei, sich gegen eine angemessene Summe von diesem Brief zu trennen.«

»Geht es darin um eine die Besitzung betreffende Angelegenheit?« erkundigte sich Holmes höflich.

Sir George zögerte, und nach einem Nicken von Lord Bellinger antwortete Trelawney Hope statt seiner. »Wir müssen uns auf Ihre absolute Diskretion verlassen können, Mr. Holmes, Mr. Watson.«

»Deren dürfen Sie sicher sein«, antwortete mein Freund kühl.

»Dieser Brief, von dem eine Kopie beigefügt war, wurde auf einer Schreibmaschine gefertigt und während der letzten Krankheit des Bedienten geschrieben, wobei es sich um eine höchst ansteckende Krankheit handelte, die jeglichen Besuch von seiten Lady X' an seinem Krankenbett ausschloß. Es war ein Brief voller Wärme, geprägt von Zuneigung und Dankbarkeit für die Jahre hingebungsvoller Dienstbarkeit und Freundschaft, die er ihr gewidmet hatte.«

»Aber, aber, Mr. Hope. Wir verlieren uns in Kleinigkeiten.«

»In der Hand eines Feindes«, fuhr Trelawney Hope unerschütterlich fort, »würde dieser Brief, vorausgesetzt, es ist keine Fälschung, eine schlimme Mißdeutung zulassen durch diejenigen, die eine Gelegenheit suchen, Unheil zu stiften.«

»Wenn das der Fall ist«, sagte ich eifrig, »weshalb hat man dann vierzehn Jahre lang nichts von diesem Brief gehört?«

»Gut, Watson«, rief Holmes. »Doch in diesem Sommer findet ein Ereignis statt, das sicherlich mehr als jedes andere dazu angetan ist, Lady X in den Mittelpunkt weltweiten Interesses zu rücken. Zu einem solchen Zeitpunkt könnte von dem Brief, fiele er in die falschen Hände, durchaus mit verheerender Wirkung Gebrauch gemacht werden.«

»Um ihren Ruf zu ruinieren?«

»Schlimmer, Watson. Um nicht nur England, sondern das ganze Empire zu beschmutzen, wenn ich mich nicht irre. Warum sonst sollte der Sehr Ehrenwerte Staatssekretär für europäische Angelegenheiten heute bei uns sein?«

»Sie irren sich nicht, Mr. Holmes.« Lord Bellinger sprach zum erstenmal. »Wir müssen diesen Brief zurückkaufen.«

»Bitte lassen Sie mich die Kopie sehen und auch den an Sie gerichteten Brief, Sir George.«

Nach kurzem Zögern reichte Sir George ihm beides. »Sie werden nichts daraus ersehen können. Er wurde durch einen unbekannten Boten zugestellt.«

»Nichts vermittelt zwangsläufig von sich aus eine Information«, bemerkte Holmes, den Brief überfliegend. Er war kurz, in kühner, wie gestochener schwarzer Schrift verfaßt: *Der Schreiber ist bereit, das Original des beigefügten Briefes für eine zu vereinbarende Summe zu veräußern. Das Wappen wird dessen Herkunft belegen. Meine nächste Anweisung wird der Rubrik Persönliches in den Tageszeitungen zu entnehmen sein.*

»Der Brief ist mit der Hand geschrieben«, bemerkte Holmes. Die Worte waren an seinen Bruder gerichtet.

Mycroft kicherte. »Da kann ich dir Namen nennen, Sherlock.«

Ich war verwirrt von diesem Dialog, zumal ich gerade erst anfing, den Ernst der ganzen Angelegenheit zu begreifen. Holmes ging dieser Frage nicht weiter nach.

»Wir möchten Sie bitten, in unserem Namen die Verhandlungen zu führen, Mr. Holmes«, sagte Sir George.

»Ich glaube, meine Dienste werden wohl für mehr als einen bloßen Tauschhandel benötigt«, erwiderte Holmes ruhig, »oder Mycroft würde diese Angelegenheit allein erledigen.«

»Wieso, Holmes?« Ich war erstaunt, doch Lord Bellingers Gesichtsausdruck bestätigte Holmes' Vermutung.

»In diesem Monat vor zehn Jahren, Watson, fand ein anderes Ereignis von gleicher Bedeutung für Lady X statt, aber damals hörte man nichts von diesem Brief. Deutet das nicht darauf hin, daß der Schreiber des Briefes kein gewöhnlicher Langfinger ist, sondern daß er um große Einsätze spielt und daß für ihn, da Zeit ohne Belang scheint, das Spiel selbst wichtiger ist als das Ergebnis? Ein gefährlicher Gegner, Watson. Vor zehn Jahren – korrigieren Sie mich, wenn ich mich irre, Mr. Hope – war der Herrscher der europäischen Macht, die jetzt neidische Blicke auf Großbritanniens Wohlstand wirft, seinem Vater noch nicht auf den Thron gefolgt, und sein Land hatte überdies einen großen und weisen Kanzler, der seine Geschicke lenkte. Heute jedoch regiert der Sohn allein, und aufgrund von Eifersucht sind seine Beziehungen zu England gegenwärtig so schlecht, daß er vor nichts haltmachen würde, um das zusätzliche Prestige, das dieser Sommer Lady X und dem Britischen Empire zweifellos bringen wird, zu beschädigen.«

»Ich fürchte, daß Sie recht haben, Mr. Holmes«, sagte Trelawney Hope bedrückt, »und daß diese Angelegenheit keineswegs eine einfache finanzielle Transaktion sein wird.«

»Was denn dann?« fragte ich, als niemand sprach.

»Es wird noch andere Bieter geben, Watson«, entgegnete Holmes. »Es bleibt abzuwarten, ob man uns gestatten wird, einer von ihnen zu sein.«

»Aber Sir Georges Brief . . .«

»Das Spiel, Watson, das Spiel.«

Leser meiner Chroniken erinnern sich vielleicht an den Namen, der jetzt erwähnt werden sollte, und daß ich erklärt hatte, ich würde vielleicht eines Tages berichten, auf welch dramatische Weise mein Freund mit ihm bekannt geworden war. Das kann ich nun tun, denn Sir George sagte energisch: »Ein Grund mehr, weshalb die Welt nicht wissen darf, daß Sie daran beteiligt sind, Mr. Holmes. Ich habe mir bereits erlaubt, für Sie einen Besuch bei Dr. Moore Agar in der Harley Street zu arrangieren, der Ihnen Anweisung erteilen wird, Ihre sämtlichen Fälle abzugeben und eine absolute Ruhepause einzulegen, damit Sie keinen gesundheitlichen Zusammenbruch erleiden. Die Zeitungen werden darüber informiert werden. Dr. Agar ist daran gewöhnt, für uns vertrauliche Aufgaben dieser Art auszuführen.«

Holmes, der sich trotz seiner Schwäche für die berüchtigte Droge seiner starken Konstitution rühmte, willigte zögernd ein.

Um die Fiktion aufrechtzuerhalten, riefen wir eine Droschke, obwohl es nur eine kurze Strecke war von der Harley Street zu unserer Wohnung in der Baker Street. Sobald wir diese betreten hatten, eilte Holmes zu seinem biographischen Lexikon. Nur zehn Minuten später rief er aus: »Ich hab's. Den Hauptakteur in unserem Spiel, Watson.«

»Wer ist es, Holmes?«

»Welcher Mann würde wohl solch ein Spiel um des Spieles willen spielen? Also habe ich eine Frau gesucht. Sie haben sich vielleicht gefragt, welche Informationen mir die Handschrift geliefert hat. Nun, keine, außer daß mir ihre *Verwendung* verriet, daß der Schreiber die Entdeckung nicht fürchtet. Daraus folgte, daß wir es mit keinem gewöhnlichen Verbrecher zu tun haben, sondern mit jemandem, der mit den höchsten Kreisen im Lande wohlvertaut ist und der darauf setzt, daß die Kenntnis der Identität des Diebes bedeutungslos wäre im Vergleich zu der Notwendigkeit, den Brief wiederzuerlangen. Es folgt weiterhin, daß es sich bei dem Dieb wahrscheinlich kaum um einen Engländer mit einer um jeden Preis zu wahrenden gesellschaftlichen Position handeln dürfte. Ganz zweifellos ist die Baronin Pilski unser Dieb.« Er schwenkte den schweren Band in der Luft. »Eine beängstigend tollkühne Dame, Watson, die unseren Respekt verdient. Ihr verstorbener Gatte floh nach dem gescheiterten Aufstand der Polen im Jahre dreiundsechzig nach England, und sie, die selbst aus einer Emigrantenfamilie stammt, heiratete ihn neunundsiebzig im Alter von dreiundzwanzig Jahren. Nachdem sie einige Zeit Ehrendame bei Lady X gewesen war, gab sie diese Stellung vor zehn Jahren auf und hat seither ihre Talente darauf verwandt, wem und wo es ihr beliebt, Schaden zuzufügen. Sie werden sich vielleicht erinnern, daß ich bei dem seltsamen Fall des

Hinkenden Droschkenkutschers mit der Dame die Klingen kreuzte.«

»Kann Lestrade sie nicht verhaften?«

»Aber, aber, unsere Freundin wird auf solch einen Schritt vorbereitet sein. Es ist der Brief, den wir suchen, Watson. Nein, wir müssen darauf warten, daß sich etwas ereignet.«

Wir mußten nicht lange warten. Drei Tage später beim Frühstück erschreckte mich Holmes, der in das Studium der »Times« vertieft war, mit einem freudigen Aufschrei. »Beim Himmel, ich hab's!« Sein langer Zeigefinger tippte auf eine Notiz in der Rubrik Persönliches.

»Der Butler ist ein Reptil, das im Schatten schläft, bis es von Zeus gerufen wird«, las ich. »Eine verschlüsselte Nachricht, Holmes?«

»Ich denke nicht, Watson. ›Bis es gerufen wird‹ enthält keinerlei Hinweis auf eine Verschlüsselung. Der Butler bezieht sich natürlich auf unseren getreuen Gefolgsmann, Zeus der Donnerer auf die ›Times‹ und das Reptil – nun, das ist wohl offensichtlich.« Er war aufgesprungen und nahm einen Fahrplan vom Regal.

»Auf das Reptilienhaus im Zoologischen Garten.« Ich erhob mich eifrig, bereit, unverzüglich aufzubrechen.

»Bitte nehmen Sie wieder Platz, lieber Freund. Schauen Sie, unser Schnellzug geht erst um 11 Uhr 45, und das läßt Ihnen genügend Zeit, Mrs. Hudsons vorzügliches Muffin in seiner Gänze zu genießen.«

»Aber wohin fahren wir denn?«

»Nun, nach Cornwall.«

Mehr wollte er nicht sagen, und kurz vor Mitternacht hatten wir nach einer Fahrt von der kleinen ländlichen Bahnstation St. Erth in einem leidlich komfortablen Gasthof Quartier genommen. Unterwegs hatte ich einen Wegweiser erspäht, den die Lampe der Droschke matt erleuchtete: *Zum Lizard*, zum Eidechsenkap also.

»Ja, natürlich – das Reptil«, rief ich.

»Wie ich sehe, Watson, ist für Sie alles immer erst *nach* meinen Erklärungen natürlich, niemals vorher.«

Es war ungewöhnlich, daß mein Freund in so scharfem Ton sprach, und ein Zeichen der tiefen Sorge, die an ihm nagte.

Am nächsten Tag zogen wir in ein kleines Häuschen auf einer grasbewachsenen Landspitze in der Nähe von Poldhu Bay, um die Fiktion absoluter Ruhe für meinen Freund zu fördern. Ruhe? Ich habe meinen Freund selten so ruhelos gesehen wie in den Wochen, die nun folgten. Als ein Tag nach dem anderen verging und Glöckchen-Blausterne die Himmelschlüssel, Narzissen und Veilchen ablösten auf den hohen Grashängen, welche die stillen Feldwege säumten, und immer noch nichts in der Zeitung erschien, begann ich mir erneut wegen seiner Gesundheit Gedanken zu machen. Zwar nahm, wie ich in einer früheren Chronik berichtet habe, in dieser Zeit die alte kornische Sprache seine Aufmerksamkeit in Anspruch, da er zu der Überzeugung gelangt war, daß sie im Chaldäischen wurzele, doch sie konnte diesen großen Geist nicht ausreichend beschäftigen. Wäre nicht die schreckliche Sache mit dem Teufelsfuß gewesen, die sich in dem nahe gelegenen Weiler Tredannick Wollas so überraschend zutrug, hätte ich ihm tatsächlich die Ruhe verschrieben, die Dr. Agar vermeintlich verordnet hatte. Nachdem der Fall jedoch gelöst war, verfiel Holmes wieder in dieselbe schweigende Geistesabwesenheit, mit solch fiebrigen Augen, daß ich mich fragte, ob die Teufelsfußwurzel, deren Rauch wir dank seinem Hang zum Experimentieren beide eingesogen hatten, nicht vielleicht dauerhafte Auswirkungen gehabt habe.

Doch an einem grauen Frühlingsmorgen, der noch mehr von jenem leichten, sanften Regen versprach, mit dem Cornwall so reichlich gesegnet ist, wurde ich wach, und Sherlock Holmes stand an meinem Bett. Verschwunden waren die Zeichen der Fiebrigkeit, ersetzt nun durch die vitale Kraft, die ich inzwischen so gut kannte.

»Wenn ich jemals wieder so vermessen sein sollte, der Nation meine Dienste zur Verfügung zu stellen, Watson, dann erinnern Sie mich bitte an den getreuen Gefolgsmann. Wir kehren noch heute nach London zurück, und der Himmel verhüte, daß wir zu spät kommen.« Er sprach sehr ernst.

»Aus welchem Grund, Holmes?« Ich kämpfte mich aus dem Bett hoch.

»Nun, um die chaldäische Sprache zu studieren, mein lieber Watson.« Diese Worte wurden jedoch in freundlichem Ton gesprochen, nicht mit der höhnischen Schärfe der letzten Wochen.

In einem ratternden Speisewagen der Great Western Railway wagte ich auf eine Erklärung für unsere plötzliche Abreise zu dringen. Selbst die »Times« war heute ungelesen geblieben.

»Aber, aber, Watson, mit dieser vorzüglichen Seezunge vor uns können Sie doch gewiß Mr. Auguste Didiers Methoden übernehmen, selbst wenn die meinen für Sie unergründlich bleiben?«

»Ist das nicht dieser Koch von Plum's Club for Gentlemen, der ein oder zwei Fälle gelöst hat?«

»Eben der. Ich war neugierig genug, ihm sechsundneunzig nach der bemerkenswerten Affäre in Plum's Club einen Besuch abzustatten. Ich kann nicht alle seine Methoden gutheißen, da er die Ansicht vertritt, Verbrechensaufklärung sei keine reine Wissenschaft, wohingegen ich behaupte, daß sie ganz und gar ein Prozeß logischer Deduktion ist. Er meint, die Kochkunst ähnele der Verbrechensaufklärung in der Sammlung von Zutaten, und deren Auswahl und Verbindung zu einem wohlschmeckenden Gericht erfordere ein gewisses Maß an Kreativität. Ich bezweifle, daß Mrs. Hudson dem zustimmen würde. Betrachten Sie jedoch einmal die Zutaten in dem Puzzle vor uns, Watson.«

»Der Brief, die Baronin ...«

»Und andere Bieter, Watson. Das ist Deduktion, nicht Kreativität. Wir dürfen auch schlußfolgern, daß die Baronin davon ausgehen wird, diese Affäre sei zu wichtig, als daß man meine Dienste nicht in Anspruch nähme. Daraus folgt, daß, wenn die Baronin das erkennt, auch die anderen Bieter es erkennen. Ich war ein Esel, Watson.« Sein scherzhafter Ton wich wieder der früheren Besorgtheit.

»Ich nahm an«, fuhr er fort, »daß die Nachricht, die uns so überstürzt nach Cornwall eilen ließ, von der Baronin stamme.

Das war nicht der Fall. Sie wurde in die Zeitung gesetzt, um mich von der richtigen Spur abzulenken, zweifellos von einem anderen Bieter, und mit Erfolg.«

»Aber in der ›Times‹ ist nichts weiter erschienen.«

Holmes antwortete düster: »Woher wissen wir, daß der Ruf in der ›Times‹ zu finden sein wird? Die ursprüngliche Anweisung nannte lediglich die Tageszeitungen. Zum Glück hat Mrs. Hudson strikte Order, unter gar keinen Umständen etwas wegzuwerfen. Lassen Sie uns hoffen, daß sämtliche während der letzten zwei Monate erschienenen Londoner Zeitungen von der ›Daily Graphic‹ bis zur ›Financial Times‹ in der Baker Street gesammelt auf uns warten. Bei Gott, Watson, wenn ich unsere Chance vertan habe . . .« Er brach ab, von seltener Emotion überwältigt.

»Wer könnte solch ein Bieter sein?« fragte ich ruhig.

»Sie werden sich an die Sache mit den Bruce-Partington-Plänen im Jahre fünfundneunzig erinnern; Mycroft informierte mich, daß es nur sehr wenige Personen gebe, die sich an eine so bedeutende Angelegenheit heranwagen würden. Die einzigen Kandidaten, die dafür in Frage kämen, seien Adolph Meyer, Louis La Rothière und Hugo Oberstein. Der schurkische Oberstein weilt zur Zeit im Gefängnis, und so bleiben nur La Rothière und Adolph Meyer übrig.«

»Dann ist zweifellos Meyer unser Mann«, rief ich.

»Ausnahmsweise stimme ich Ihnen zu, Watson. Er wohnt noch immer in London, und zwar in der Great George Street Nr. 13 in Westminster. La Rothière kenne ich seit etlichen Jahren, und ich glaube, ihn können wir ausschließen. Seit fünfundneunzig habe ich es mir jedoch zur Aufgabe gemacht, über Adolph Meyer alles herauszufinden, was ich kann. Der Herr ist beleibt, behäbig, eine freundliche Seele und hat eine Vorliebe für Musik, wenngleich sein abscheulicher Geschmack mehr zu Mr. John Philip Sousa neigt als zu den Klassikern. Er bevorzugt die Tuba, nicht die Geige. In dieser leutseligen Schale jedoch schlägt das Herz eines so schlechten Menschen, wie nur je einer gelebt hat. Er ist der inoffizielle Agent des Barons von Holstein. Dieser Name sagt Ihnen nichts, Watson? Das überrascht mich kaum. Der Baron sucht nicht das Rampenlicht, aber er hatte bei Bismarcks Entlassung, der Krüger-Depesche und zahllosen anderen Intrigen seine machiavellistische Hand im Spiel. Er besitzt das Ohr des Kaisers, während der Kanzler selbst nicht gehört wird. Er ist kein Freund Englands, und Meyer ist sein Werkzeug. Wenn ich mir meinen Feind aussuchen könnte, Watson, dann hätte ich lieber einen, dem das Böse im *Gesicht* geschrieben steht.«

»Und Sie sind überzeugt, daß er in diese Affäre verwickelt ist?«

»Ja. Er kennt mich inzwischen gut genug, um meine Geisteskraft zu fürchten – obgleich, wie kann ich von Geisteskraft reden, wenn mich mein Verstand verlassen hat? Zwei Monate in Cornwall, und das Empire in Gefahr!«

Er blieb in Trübsinn versunken, bis der Zug in den Bahnhof Paddington dampfte. Ich werde wohl nie vergessen, wie seine lange Gestalt geduckt neben mir saß, als könnte die Droschke dadurch zu schnellerer Fahrt nach der Baker Street angetrieben werden. Beim Betreten der vertrauten Räume nahm er sich nicht einmal die Zeit, seinen Ulster abzulegen (denn obwohl wir schon Mai hatten, war die Nachtluft frostig kalt gewesen), sondern stürzte sich trotz der späten Stunde sofort auf die ordentlichen, aber riesigen Zeitungsstapel, die Mrs. Hudson sorgfältig aufgeschichtet hatte.

Selten habe ich mich nutzloser gefühlt. Kaum hatte ich eine Zeitung gelesen und befunden, daß sie nichts enthielt, was etwas mit unserem aktuellen Problem zu tun hatte, da riß sie mir Holmes auch schon aus der Hand, um sich zu vergewissern, daß ich nichts übersehen hatte. Nach drei Stunden konnte ich nicht mehr und zog mich für den noch verbliebenen Rest der Nacht in mein Bett zurück. Holmes ließ ich inmitten von Zeitungen zurück, die nun in unordentlichen Bergen um ihn herum aufgehäuft lagen; gelegentlich kritzelte er eine Notiz auf einen Schreibblock. Als ich am Morgen erwachte, war er noch immer dort, wo ich ihn zuletzt gesehen hatte, mit geröteten Augen, aber noch immer munter.

»Ich hab's, Watson.« Er schob mir den Block hin.

Ich starrte entsetzt auf sein Werk. Es bestand lediglich aus kindlichen Kritzeleien: Kreisen, Quadraten, Punkten, Kreuzen sowie Strichmännchen und -frauen.

»Holmes, lieber Freund, was ist das?«

»Ha!« rief er, als er meinen Gesichtsausdruck sah. »Sie glauben, ich hätte der Spritze·übermäßig gefrönt! Nein, lieber Freund. Sehen Sie, dies hier kann unsere Rettung bedeuten.« Er warf ein Exemplar der »Daily Mail« vor mich hin und tippte heftig mit dem Zeigefinger auf eine Notiz in der Rubrik Persönliches auf der Titelseite. Die Ausgabe stammte vom 9. März.

»Der Kreis enthält einen Punkt«, las ich. »Eine verschlüsselte Nachricht, Holmes?« versuchte ich es wieder einmal.

»Sie denken an nichts anderes als an Kryptogramme, Watson. Nein, nein, das hier erklärt, weshalb wir vielleicht gerade noch zurechtkommen. Dann findet sich nichts weiter, bis die Nachrichten zu Beginn dieses Monats wieder einsetzen.« Er legte ein zweites Blatt vor mich hin.

»Turpin hat einen Hund«, las ich. Daneben war mit Holmes' ordentlicher Handschrift geschrieben: Ausgabe vom 6. Mai. Darunter standen noch mehr sinnlose Kombinationen von Wörtern. »Cupido trifft den rechten Fuchs viermal« – das war die Ausgabe von Montag, dem Zehnten. Donnerstag, der Dreizehnte, erbrachte den Text: »Die lächelnde Köchin trägt ein Kreuz«; Freitag, der Vierzehnte: »Das Strichmännchen und der Page machen neun Schritte«, und der gestrige Tag, der Achtzehnte, an dem wir zurückgekehrt waren: »Der Kreis hat ein Kreuz.«

»Sie irren sich doch gewiß, Holmes? Ich bin auf viele solcher Mitteilungen in der Rubrik Persönliches gestoßen. Warum sollte man gerade die hier herausgreifen?«

»Lieber Freund, haben Sie keine Augen?« Er hielt mir das Blatt mit den Kritzeleien unter die Nase, die ich bereits erwähnt habe. »Wir warten nur noch auf die *Uhrzeit* für unser Rendezvous. Das Datum haben wir.«

Er durchmaß das Zimmer in einer Mischung von Hochstimmung und Besorgnis und ignorierte meine Bitte um weitere Aufklärung. »Gott sei Dank, wir kommen noch zurecht.«

»Sie sprechen in Rätseln, Holmes.«

»Können Sie denn nicht sehen«, ein Finger piekte ungeduldig auf die Kritzeleien. »Nun ja, vielleicht können Sie's nicht. Ein Jargon, mein lieber Watson, ist eine Sprache, die man mit noch größerem Gewinn studieren kann als das Chaldäische und die überdies von größerem praktischem Nutzen ist. Denken Sie daran, welch einem Beruf unsere Baronin nachgeht.«

»Ehrendame?«

»*Einbrecherin*, Watson. Sie hat sich der Unterwelt angeschlossen, was also ist natürlicher, als daß sie ihren Spaß daran hat, den Einbrecherjargon zu benutzen? Wie oft sind Sie schon an einem Gartenzaun vorbeigekommen, an den mit Kreide solche kindischen Krakel gemalt waren? Zweifellos sehr oft, und Sie haben sich nichts dabei gedacht. Solche Krakel sind jedoch die lebendige Sprache zweier Gruppen von Außenseitern in unserer Welt, der Einbrecher und der Landstreicher. Jede Gruppe hat ihren eigenen Code – ja, Watson, da haben Sie endlich Ihren Code, aber diese Zeichen sind der Code der Analphabeten. Seit prähistorischer Zeit haben Zeichnungen in einfacher Form Botschaften abgebildet, die den Nachgeborenen hinterlassen wurden. Ein Einbrecher oder ein Landstreicher geht seinem Gewerbe mit derselben Hingabe nach wie Mr. Didier dem seinen. So wie letzterer Zutaten sammelt, befassen sich unsere gesetzlosen und vagabundierenden Freunde mit Informationen: zum Beispiel welche Dienstboten bestochen worden sind.«

»Ah! Die lächelnde Köchin trägt ein Kreuz.«

»Sie übertreffen sich selbst, Watson«, murmelte Holmes. »Auf ähnliche Weise übermitteln sie, wieviel Personen in dem Haus leben, ob dort Hunde sind, wie viele Dienstboten, die besten Zugangsmöglichkeiten; Landstreicher haben einen ähnlichen Code, bei dem es aber mehr darum geht, was ihre Brüder von dem betreffenden Haus erwarten können. Hier vor uns haben wir alles, was wir wissen müssen.«

»Und Turpin?« erkundigte ich mich.

»Eine Ausnahme, aber einfach genug. Jemand, der die Dover Road kennt, könnte Ihnen sagen, daß Turpin der Straßenräuber etwas mit dem alten Wirtshaus The Bull auf dem Gipfel des Shooter's Hill in Kent zu tun hat. Daher der Hinweis auf einen Hund. Den alten Bull gibt es nicht mehr, aber jetzt steht dort ein neuer Gasthof desselben Namens.«

»Und dort findet das Treffen statt?«

»Nein, Watson, nein. ›Cupido trifft den rechten Fuchs viermal.‹« Holmes zeigte auf die hingekritzelte Zeichnung eines Pfeils, neben den die Zahl 4 geschrieben war. »Was den Fuchs angeht, so stand am Fuße des Shooter's Hill das alte Gasthaus The Fox in the Hill, passenderweise dicht beim Galgen, damit sich die Zuschauer die Kehle anfeuchten konnten. Beide sind heute verschwunden, aber wiederum steht ein neues Gasthaus in der Nähe des alten. Den Hügel säumen Villen, und ich bin ziemlich sicher, daß die vierte rechts vom Fox der Ort unseres Rendezvous ist und daß dort eine Köchin arbeitet, die nicht länger den Titel ›getreuer Dienstbote‹ beanspruchen darf. Uns wird mitgeteilt, daß sie bestochen worden ist und daß der Hausherr mit seinem Bedienten um neun Uhr aus dem Haus geht.«

»Und der Tag, Holmes?« Ich war verblüfft, welch umfängliche Kenntnis der Unterwelt mein Freund besaß.

»›Der Kreis hat ein Kreuz.‹ Ein Landstreicherzeichen mit der Bedeutung, daß der Hausbesitzer religiös ist. Das ist nun schon ein wenig obskurer, aber lassen Sie uns den religiösen Zusammenhang untersuchen. Uns fehlt ein Datum, und morgen ist Himmelfahrt, Donnerstag der Zwanzigste.«

»Und wenn nun Pfingstsonntag gemeint ist?«

»Würde der Herr des Hauses dieses dann um neun Uhr verlassen? Er wäre in der Kirche oder beim Frühstück. Nein, nein, es ist morgen, und zweifellos muß heute das letzte Teilchen des Puzzlespiels in unsere Hände gelangen.«

In diesem Moment brachte Mrs. Hudson die Tageszeitungen herein, und mit einem begierigen Aufschrei schoß Holmes durch das Zimmer, um sie ihr aus den Händen zu reißen. Mrs. Hudson warf nur einen Blick auf das Chaos im Zimmer und zog sich dann klugerweise ohne Kommentar zurück.

»Ich hab's! Sehen Sie hier, Watson. ›Das Kreuz gewinnt ein

Bein.«« Triumphierend fügte er diese Mitteilung in bildlicher Form seiner Liste hinzu. »Elf Uhr.«

»Sollten wir nicht Lestrade bitten, die Baronin ausfindig zu machen?«

»Und damit unsere einzige Chance einbüßen, den Brief wiederzubekommen? Nein, Watson, wir werden an dieser Versteigerung teilnehmen. Wir sind ermächtigt, jede Summe zu bieten, aber ich habe andere Pläne – ich würde empfehlen, daß Sie Ihre Pistole mitnehmen.«

Dann beanspruchte seine Pfeife seine Aufmerksamkeit, und erst während uns die Droschke zum Bahnhof Charing Cross brachte, gelang es mir, Holmes zu fragen, weshalb sich die Baronin denn solche Mühe gemacht habe, das Rendezvous zu tarnen.

Er antwortete überraschend bereitwillig. »Weil, wie ich weiß, unser guter Freund Lestrade sowohl der Baronin als auch diesem Meyer unmittelbar auf der Spur ist, obgleich er Anweisung hat, sie nicht festzunehmen. Weshalb sonst ist die erste Nachricht ›Der Kreis enthält einen Punkt‹ erschienen? Sie besagt: ›Gefahr, hochgenommen zu werden.‹ Die Baronin befürchtete ihre Verhaftung, und das ist es, was uns unsere zweite Chance gab, Watson, die Verzögerung in der Abfolge der Nachrichten. Jetzt dürfen wir uns auf keinen Fall noch einmal einen Fehler leisten.«

Um halb elf stiegen wir in Blackheath aus dem Zug der London, Chatham and South-Eastern Railway; von dort war es nur noch eine kurze Fahrt vom Dorf hinauf in das wilde Heideland und zur Dover Road und dann weiter bis zum Shooter's Hill. Jedes Gespräch war versiegt, und man hätte uns sehr wohl für Scarlet Pimpernels* auf verzweifelter Eilfahrt nach Dover halten können. Allerdings war unsere eigene Mission von sogar noch größerer Bedeutung. Unser Kutscher hielt an einem alten

---

* »The Scarlet Pimpernel« – Roman (1905) der Baroness Orczy (Mrs. Montague Barstow); er erzählt die Geschichte der League of the Scarlet Pimpernel, einer Gruppe von Engländern, deren Ziel es war, Opfer der Französischen Revolution von 1789 vor der Guillotine zu retten.

Aufsteigeblock nahe dem Gipfel des Hügels, und sobald er bezahlt war, eilte Holmes ungeduldig den Hügel hinunter zurück in Richtung London, den Staub ignorierend, der von vorbeifahrenden Fuhrwerken und Kutschen aufgewirbelt wurde. Ein Milchkarren kam gefährlich dicht herangeschaukelt, so daß die Maßkannen fast gegen meinen Freund stießen, wobei der Kutscher aufreizend grinste. Die Luft war süß und wohlriechend nach dem Londoner Rauch, und in den Gärten der Villen bildeten späte Tulpen, die dem Blau und Lila des Maies wichen, einen hübschen Anblick nach den rußigen, geschwärzten Gebäuden, welche die Straßen Londons säumen.

Doch wir hatten keine Zeit, bei solchen Freuden zu verweilen. Holmes ging bereits mit langen Schritten den Weg hinauf, der zum Lieferanteneingang einer stattlichen Villa führte. Ich bemühte mich, nicht zurückzubleiben, aber als ich die Tür erreichte, klopfte er dort bereits zum zweitenmal. Als keine Antwort kam und er feststellte, daß die Tür nicht verschlossen war, stieß er sie auf. Ich tätschelte zur Beruhigung die Pistole in meiner Tasche, während ich ihm hineinfolgte. Der Ort hatte etwas, was mir nicht gefiel. Vielleicht war es die Stille hier, die graue Kälte. Wir betraten eine überraschend große, luftige Küche, und das Gefühl, in einem leeren Haus zu sein, verstärkte sich.

»Wir kommen ein wenig zu früh«, bemerkte ich, lediglich um die Stille zu unterbrechen und dadurch das Unbehagen von mir abzuschütteln.

»Pst!« Sherlock Holmes ging weiter in das Hausinnere hinein, und ihm dicht auf den Fersen, erreichte ich die Salontür. Auch diese war offen.

In dem Haus war in der Tat keine Spur von Leben, aber der entsetzliche Anblick, der sich unseren Augen bot, sagte uns, daß das Leben noch nicht lange daraus entflohen war. Meine Hand hielt die Pistole umklammert, während meine Augen das schreckliche Bild vor uns registrierten. Auf der Perserbrücke vor dem Kamin lag ausgestreckt eine Frauenleiche, gekleidet in schwarzen Bombasin, und ihre blicklosen, starren Augen stierten uns gräßlich an; Blut bedeckte den Teppich, Blutspritzer die Wände. Eine Waffe war nicht zu sehen, nur ein großer Blutfleck auf der Brust der Frau, der auf eine Stichwunde schließen ließ. Aber es kam noch schlimmer. An dem Fenster, das nach hinten zum Garten hinausging, lag die Leiche einer zweiten Frau. Diesmal handelte es sich um eine etwas jüngere Person von vielleicht vierzig Jahren, doch war sie ein wenig zu alt für die Morgenhaube und das Kattunkleid, die sie trug. Das Dienstmädchen war auf dieselbe entsetzliche Weise gestorben wie seine Herrin, in der ich die Köchin und Haushälterin vermutete. Ich beeilte mich festzustellen, was, wie ich wußte, der Fall sein mußte – daß nämlich bei beiden kein Pulsschlag mehr zu spüren war.

»Noch Anzeichen von Leben, Watson?«

»Bei keiner, Holmes«, erwiderte ich ruhig, mich nach kurzer Untersuchung beider Körper wieder erhebend. »Was ist das für eine Teufelei? Die Haushälterin *und* das Mädchen zu erstechen?«

Holmes machte eine ungeduldige Geste. »Sie sehen, aber Sie erkennen nichts, Watson. Diese hier mag wohl die Haushälterin sein, aber die andere dort ist kein Dienstmädchen. Welches Mädchen könnte sich solche Ziegenlederschuhe leisten oder so zarte, feine Hände haben? Sehen Sie doch nur die Nägel – und das hier.« Sanft nahm er die Haube ab, und lange, wohlgepflegte kastanienbraune Locken quollen darunter hervor. »Das ist auch kein Dienstmädchengesicht, Watson. Es ist das Gesicht einer Abenteurerin, die in den letzten paar Jahren von ihrer List gelebt hat und nun durch die eines anderen gestorben ist. Solch ein Schicksal hat die Baronin nicht verdient, dessen bin ich sicher. Die Dienstmädchenaufmachung sollte ihr zweifellos Anonymität verleihen, bis sie sich über die Identität möglicher Bieter im klaren wäre.«

»Und der Brief?«

Holmes zuckte die Achseln. »Wir können suchen, aber wir werden nichts finden. Sie werden mein Schweigen auf dem Weg hierher bemerkt haben. Ich hatte gefolgert, daß das Kreuz mit dem Bein elf Uhr bedeute, weil neun Uhr, also mit dem Bein auf der anderen Seite, kaum sehr zweckmäßig gewesen wäre, da ja die Männer des Hauses dieses zu genau jener Stunde verlassen würden, eine Schlußfolgerung, zu der ich, wie die Baronin sehr wohl einzuschätzen vermochte, unweigerlich gelangen würde. Es war beabsichtigt, daß wir zu spät kämen, Watson.«

»Sie würde doch wohl kaum ihrer eigenen Ermordung Vorschub geleistet haben, Holmes«, protestierte ich.

»Das Ende des Spiels war anders geplant, Watson. Wäre Meyer nicht das scheußliche Ungeheuer, das er nun einmal ist, dann wäre zweifelsohne nichts anderes passiert, als daß uns die Köchin bei unserer Ankunft ein Briefchen von der Baronin überreicht hätte, in dem diese uns wegen unserer Langsamkeit verspottete. So aber . . .« Er brach ab, als hinter uns die Tür geöffnet wurde.

»Guten Morgen, Mr. Holmes, Dr. Watson.« Lestrades Blick wanderte zu den Leichen. »Ein schöner Schlamassel«, meinte er nach kurzem Schweigen.

»Meyer ist uns beiden zuvorgekommen, Lestrade. Ich habe nicht den geringsten Zweifel, daß es sich bei einem gewissen rundlichen Milchmann, der mir auf seinem Karren auffiel, um ihn gehandelt hat.«

»Soll ich meine Männer hinter ihm herschicken, Mr. Holmes? Wir können ihn festhalten und sein Haus durchsuchen.«

»Und er hat den Brief gewiß anderswo sicher versteckt. Er muß ihn ja seinen europäischen Herren übergeben.«

»Sämtliche Häfen werden überwacht werden. Und sogar alle Besucher der Gesandtschaft.«

»Gut, gut«, murmelte Holmes abwesend.

»Und angenommen, er schickt von Holstein den Brief per Post oder schmuggelt ihn per Schiff außer Landes?« fragte ich.

»Dafür ist solch eine Beute zu wertvoll«, antwortete Holmes. »Nein, er wird den Brief persönlich übergeben.«

»Dann wird das nicht in Deutschland geschehen«, erklärte Lestrade mit Bestimmtheit. »Und wir werden wachsam sein, falls von Holstein hierherkommt, und ihn festhalten.«

»Tun Sie das unter gar keinen Umständen, Lestrade. Von Holstein kennen wir, einen Agenten, den man dann zweifellos schicken würde, hingegen nicht. Lassen Sie das Spiel seinen Fortgang nehmen.«

Tage, Wochen vergingen, während Holmes von Sorgen gequält wurde. Die Zeitungen brachten einen kurzen Bericht über einen bedauernswerten Börsenmakler, der beim Heimkommen hatte feststellen müssen, daß sein Haus voller Polizisten war und daß seine Köchin zusammen mit einer ihm völlig Unbekannten, die man bisher noch nicht identifiziert hatte, ermordet auf seinem Fußboden lag.

Anfang Juni lief eine Woge gesteigerter Erregung durch London, als es sich auf das 60jährige Regierungsjubiläum Ihrer Majestät der Königin Victoria am Zweiundzwanzigsten des Monats vorbereitete. Zimmerleute arbeiteten bereits an einer gewaltigen Tribüne an der Whitehall, einer weiteren auf dem Kirchhof der St. Martin's Church und – neben anderen, kleineren – einer Riesentribüne am St. Paul's Churchyard. Enorme Summen verlangte man von den Besuchern, die nun von allen Enden der Welt nach London strömten, für einen Platz am Fenster. Vom Elften des Monats an, als das offizielle Programm bekanntgegeben wurde, war überall, wo immer man sich erging, wo immer man speiste, der Jubiläumstag das einzige Gesprächsthema. Überall, das heißt mit Ausnahme unserer Wohnung in der Baker Street, wo mein Freund schweigend hin und her schritt – abgesehen von ein paar Tagen, an denen er verschwand und, so vermutete ich, als Bettler oder Briefträger verkleidet, auf der Suche nach seiner Beute durch die Straßen von London strich.

Selbst Mrs. Hudsons Geduld wurde auf eine harte Probe gestellt, als die Luft im Zimmer dick und schwer von Rauch wurde. Holmes hielt an der Fiktion seiner Krankheit weiter fest, vermied es auszugehen, es sei denn, in Verkleidung, und ließ die Vorhänge die meiste Zeit geschlossen.

Von Adolph Meyer fehlte jede Spur. Lestrade schwor, daß er das Land nicht verlassen habe, aber in London war er nicht ausfindig zu machen. Seine Dienerschaft behauptete, seinen Aufenthaltsort nicht zu kennen. Die Beobachtung der Gesandtschaft garantierte, daß er dort nicht Zuflucht gesucht hatte. Gegen Ende der Woche vom Vierzehnten begann in der ganzen Stadt Festschmuck zu erblühen, der grauen Stein in wahre Laubengänge aus Blumen und farbigen Fähnchen verwandelte. Rosetten sprossen in Knopflöchern und an Hüten, und Fahrräder und Wagen quollen über von Rot, Weiß und Blau.

Als ich am Sonnabend, dem Neunzehnten, spätabends in die Baker Street zurückkam, stellte ich zu meiner Erleichterung fest, daß Sherlock Holmes endlich geneigt war zu reden. »Sir George hat mich heute besucht. Watson, er ist da!«

»Wer, Holmes?«

»Von Holstein selbst. Er logiert in der Gesandtschaft. Er hat natürlich keine offizielle Einladung, denn der bedauerliche Abbruch freundschaftlicher Beziehungen zwischen seinem Land und dem unseren durch seinen Herrn und Meister in Cowes im Jahre fünfundneunzig bedeutet, daß nicht nur er den Kanal nicht überqueren kann, sondern daß auch seine *eminence grise* hier nicht offiziell willkommen geheißen wird.«

»Das bedeutet, wenn Meyer erscheint, um den Brief abzuliefern, dann haben wir ihn.«

»Er würde verhaftet werden, bevor er noch am Klingelzug gezogen hat. Nein, er wird eine andere Möglichkeit suchen.« Holmes nahm seine Geige zur Hand, und ich wußte, daß uns eine weitere lange Periode des Wartens bevorstand, obgleich der Sand der Zeit rasch verrann.

Die Geige meines Freundes tönte den ganzen Abend über und auch am folgenden Sonntagvormittag, das übliche Zeichen dafür, daß großer Druck auf ihm lastete. Die erstickend heiße Luft um uns in den verdunkelten Räumen setzte mir unerträglich zu. »Holmes«, rief ich, »spielen Sie doch wenigstens eine erkennbare Melodie!«

Ein Kratzer auf der Fiedel. »Eine Melodie, Watson?« erwiderte mein Freund eisig. »Was könnte meine arme Geige wohl wählen, um es Ihnen recht zu machen? ›God save the Queen‹ wäre möglicherweise geeignet. Oder ein Marsch von Sousa? ›Der Ritt der‹ – Watson!« rief er aus, »ich habe den Verstand, den Gott mir geschenkt hat, nicht benutzt.« Und schon lag die

Geige unbeachtet auf dem Tisch, während in seine Augen jenes Leuchten trat, das mir so gut bekannt war.

»Ich nähere mich gefährlich jener Praktik an, die unser Freund Mr. Didier womöglich gutheißen würde, der ich aber stets mißtraut habe, nämlich ein bestimmtes Resultat vorauszusetzen, das noch durch *keinerlei* Fakten gestützt wird. Uns bleibt nur noch sehr wenig Zeit. Logische Schlußfolgerung ist unsere einzige Hoffnung. Die ›Times‹ von gestern, wenn ich bitten darf, Watson, und das Jubiläumsprogramm, das Sie freundlicherweise für Mrs. Hudson gekauft haben.«

Als ich von meinem Botengang zurückkehrte – ich hatte Mrs. Hudson versprechen müssen, daß ich ihr die Broschüre wiedergeben würde –, riß mir Holmes das Programm aus der Hand, und nachdem er es rasch durchgesehen hatte, rief er:

»Auf denn, Watson, Sie werden Ihren besten Strohhut, Ihren elegantesten Spazierstock und diesen unseligen Blazer benötigen, den Sie zum Bootfahren gekauft haben.«

»Wo gehen wir hin, Holmes?« fragte ich eifrig, maßlos erleichtert, daß wir nun endlich handeln würden. »Werde ich meine Pistole brauchen?«

»Um eine einsame Runde durch den St. James's Park zu machen, Watson?« scherzte er. »Ich denke nicht. Obwohl Sie allein gehen, sollten die Enten keine Gefahr darstellen.«

Meine Hoffnung schwand. Was ich brauchte, war kein gesundheitsfördernder Spaziergang, sondern die Lösung dieses Falles. Aber Holmes war nicht zu langen Diskussionen aufgelegt; hartnäckig bestand er darauf, daß ich diesen Spaziergang unternahm.

»Na schön, Holmes«, willigte ich, wenn auch zögernd, ein.

»Guter alter Watson. Und im Anschluß an Ihren Bummel empfehle ich Ihnen das Konzert, das laut Ankündigung um zwölf Uhr im Musikpavillon im St. James's Park beginnen soll, zu geflissentlicher Beachtung.«

»Ein Konzert, Holmes? Gütiger Himmel, wie könnte ich in solch einem Moment an Musik denken?«

»Was läge näher, als daß wir uns an diesem Ort treffen, lieber Freund?«

Erleichtert, daß Sherlock Holmes tatsächlich einen bestimmten Plan hatte, nahm ich eine Droschke zum Parkeingang am Birdcage Walk, und wäre nicht der Zeitdruck gewesen, dem wir uns in dieser verworrenen Situation ausgesetzt sahen, hätte ich meinen Bummel durch diesen entzückenden, nun von Jubiläumsbesuchern bevölkerten Park durchaus genossen. Kinder trieben Reifen im Gewühl der Spaziergänger rund um den See, Verliebte schwebten in ihrer eigenen paradiesischen Welt, Blumen, als wären sie sich der Bedeutung der vor ihnen liegenden Woche bewußt, breiteten einen Farbenteppich vor meinen Augen aus, und als ich die Brücke überquerte, gefiel es der Sonne zu erscheinen. Das Wetter war eine Zeitlang recht launisch gewesen, aber nichts konnte die Begeisterung dieser Menschenmenge dämpfen.

Gehorsam nahm ich meinen Platz am Musikpavillon ein, und zwar in den hinteren Bankreihen, so wie es meinem zwanglosen Festtagsaufputz entsprach. Ein ambulanter Eisverkäufer, der sein Fahrrad schob, kam vorbei, während ich gespannt nach Sherlock Holmes ausschaute. Keine Spur war von ihm zu entdecken. Die vorderen Reihen waren mit Leuten von hohem gesellschaftlichem Rang gefüllt, zwischen denen jetzt der Kartenverkäufer umherging, trotz seiner Schirmmütze und seiner zerknitterten Marineuniform ein grob wirkender Bursche. Das Orchester, ein deutsches, das normalerweise in Broadstairs in Kent ansässig war, hatte bereits Platz genommen und hob just in dem Moment, als der Kartenverkäufer bei mir angekommen war, zu spielen an; mit den Gedanken ganz woanders, reichte ich dem Mann die geforderten Sixpence.

»Das Spiel ist im Gange, Watson.«

Das heisere Flüstern des Kartenverkäufers, der sich bückte, um eine heruntergefallene Münze aufzuheben, ließ mich zusammenzucken. Doch weshalb hätte es mich überraschen sollen, Sherlock Holmes höchstselbst zu erblicken, gegenwärtig der unauffälligste Kartenkontrolleur, den die Königlichen Parks je aufzuweisen gehabt hatten? Er ging weiter, ein paar galante Bemerkungen an die junge Dame neben mir richtend, was in mir die Frage auslöste, ob mein Freund nicht vielleicht mehr jungen Damen den Hof gemacht hatte, als er zugab, sei es nun in Ausübung seines Berufes oder anderweitig.

Natürlich. Blasmusik! Holmes rechnete damit, daß Meyer selbst unter den Zuhörern wäre und daß von Holstein hier zu ihm stoßen würde. Aber wann? Das Konzert verlief ohne Zwischenfall, obgleich ich jetzt kaum in der Stimmung war, es zu genießen. Eine mitreißende Auswahl von Melodien der Herren Gilbert und Sullivan beschloß das Konzert, und dann erhob sich das Publikum zur Nationalhymne, die an diesem Eröffnungstag der Festwoche mit viel Gefühl und Feierlichkeit gesungen wurde. Ich war in großer Sorge. Holmes war verschwunden, das Orchester packte seine Instrumente ein, und die Zuhörer zerstreuten sich. *Jetzt* war der Moment gekommen, und doch konnte ich unter den Gruppen noch verweilender Zuschauer niemand erspähen, auf den Holmes' Beschreibung von Meyer zutraf.

Schließlich entdeckte ich Holmes auf der Bühne und eilte so unauffällig wie möglich dorthin, um in Reichweite zu sein. Holmes ging dem Orchester eifrig beim Wegräumen der Instrumente und Notenständer zur Hand, zweifellos um einen guten Überblick über das Publikum zu haben. Ein paar Leute waren auf das Podium gestiegen, um den Musikern zu gratulieren, und ich beobachtete, wie sich ein unscheinbarer Mann in Regenmantel und Homburg dem Tubaspieler näherte und ihm die Hand schüttelte, obwohl ich noch nie ein weniger musikalisches Instrument gehört hatte.

»Watson!«

Holmes' Ruf ließ mich zur Treppe stürzen, um ihm zu Hilfe zu kommen, als er sich unversehens zwischen die beiden Männer warf. Inmitten des allgemeinen Tumults gewann der Tubaspieler das Gleichgewicht wieder und führte einen heimtückischen Hieb gegen Holmes' Körper, der ihn zurücktaumeln ließ. Ich fing einen Blick aus den bösartigsten Augen auf, die ich je gesehen habe, und dann war der Mann überwältigt, von mir und, wie ich mit Erleichterung feststellte, Lestrade. Ich hatte ihn in seiner Maske als Eisverkäufer nicht erkannt. Eben jetzt rief seine Trillerpfeife seine Leute herbei.

»So sieht man sich wieder, Herr Meyer. Ich hoffe, Sie haben die Seeluft in Broadstairs genossen«, redete Holmes den inzwischen Handschellen tragenden Mann an. »Und jetzt den Brief, wenn ich bitten darf.«

»Zu spät«, rief Meyer triumphierend.

Entsetzt erinnerte ich mich an den anderen Mann. Von ihm war keine Spur mehr zu sehen.

»Holmes, von Holstein ist fort«, stöhnte ich, mir die größten Vorwürfe machend.

»Das war nur zu erwarten, Watson. Er ist schließlich Diplomat.«

»Sie sind bemerkenswert gelassen, Mr. Holmes«, sagte Lestrade. »Deshalb nehme ich an, daß dieser Brief nur von geringer Bedeutung ist?«

»Im Gegenteil, er ist vielleicht das wichtigste Instrument für die Erhaltung des Friedens in Europa seit dem Vertrag von London, der im Jahre neununddreißig die Neutralität Belgiens garantierte.«

Ein böses Lächeln trat auf Meyers Lippen, als er sah, wie Holmes seinen Notenständer untersuchte. »Der Frieden ist verloren, Holmes«, kicherte er, während Lestrade die Durchsuchung seines Hutes, seiner Taschen und Schuhe ergebnislos beendete.

»Seien Sie nur nicht so sicher, Meyer«, sagte mein Freund ruhig, wobei sich seine schlanke Gestalt vorbeugte, um Meyers Tuba hochzuheben.

Und von dort, aus der sicheren Tiefe des Trichters, zog Holmes ein Blatt Papier hervor. Ich bekam flüchtig ein bekanntes, glorreiches Wappen zu Gesicht, bevor Holmes das Blatt rasch unseren Blicken entzog. »Es ist zwar Sonntag, Watson, aber irgendwie denke ich, Sir George wird uns verzeihen, wenn zwei zwanglos gekleidete Besucher bei ihm zu Hause vorsprechen.«

Der Jubiläumstag versprach wenig Sonnenschein, als Holmes und ich unsere Plätze auf den Stühlen einnahmen, die für uns an einem Fenster an der Whitehall reserviert waren. Aber die alte graue Straße leuchtete von Farben, für die sowohl der Festschmuck sorgte als auch die scharlachroten Uniformjacken der Soldaten, die an der Strecke Spalier standen.

»Sie haben mir noch nicht erklärt, Holmes, wie Sie herausgefunden haben, an welchem Ort genau das schicksalhafte Treffen stattfinden würde.«

»Eine Frage der Deduktion, lieber Freund. Meyer war in London nicht aufzuspüren. Im ganzen Land war die Polizei angewiesen worden, nach ihm Ausschau zu halten. Umsonst. In seiner eigenen Gestalt konnte er sich weder innerhalb noch außerhalb Londons blicken lassen.«

»Aber er hat doch keinen Versuch gemacht, seinen auffälligen Bart und seine Figur irgendwie zu kaschieren.«

»Die beste Verkleidung beruht auf dem Auge des Beobachters, nicht dem Gesicht des Gesuchten. Sie sahen einen Tubaspieler, ich sah, was ich erwartete. Meyer ist ganz einfach in der Rolle des Orchestermusikers völlig aufgegangen.«

»Exzellent, Holmes!«

»Ganz und gar nicht. Sobald man sich erst einmal der Musikleidenschaft des Mannes erinnert hatte, ging es nur noch darum, das Programm nach geeigneten Treffpunkten durchzusehen. Ich habe mir im Verlauf der letzten Woche viele abscheuliche Blasorchester angehört. Für einen Geiger war das eine Qual.«

Zum Glück lenkte das plötzliche Lärmen der Menge seine Aufmerksamkeit von meinem unwillkürlichen Lächeln ab.

Als die Kolonialtruppen vorbeizumarschieren begannen, zeigte sich endlich die Sonne, und für den Rest jenes denkwürdigen Tages erfreute uns »Königinnenwetter«. Nach der Abordnung der Kolonien kam die Vorhut des Königlichen Festzugs. Der Farbenfülle, Scharlach, Gold, Purpur und Smaragd, folgte ein von acht cremefarbenen Pferden gezogener offener Wagen. Darin saß eine in Schwarz mit Spuren von Grau gekleidete kleine Gestalt völlig reglos unter einem weißen Sonnenschirm. Vergessen war nun jeder Wunsch, das Auge an strahlender Farbe zu weiden; einen Moment lang schwieg die Menge still, selbst das Geräusch der Pferdehufe war zu hören. Der Wagen hatte keine Eskorte; nichts konnte zwischen Ihre Majestät und ihr Volk treten. Dann stiegen die Hochrufe der Zuschauer gen Himmel.

Holmes' Augen folgten dem Wagen, der sich die Whitehall entlangbewegte. »Man hat mir mitgeteilt, daß ich, wenn es zu gegebener Zeit die Umstände gestatten, mit der Ritterwürde rechnen dürfe.«

»Holmes, lieber Freund, das ist nicht mehr, als Sie verdienen«, erwiderte ich warm.

»Sie irren, Watson. Sollte man mir tatsächlich die Ritterwürde anbieten, werde ich mich gezwungen sehen, sie abzulehnen.«

»Sie *abzulehnen*, Holmes?« Ich war verblüfft. »Aber solch eine Ehrung kann doch gewiß nur willkommen sein.«

Er tat diesen Einwand mit einem Lächeln ab. »Sie kennen meine Methoden, Watson. Ich würde die Mehrheit meiner Fälle eher einer solchen Ehrung für wert erachten als diese Sache hier. Als Übung in der reinen Logik der Deduktion war sie letztlich enttäuschend simpel.«

»Simpel, Holmes?« Ich wies dieses Argument energisch zurück. »Bei solch einem Gegner und solch einem hohen Einsatz?«

»Ja, doch das Spiel wurde nur knapp gewonnen.« Wir schauten dem Wagen hinterher, bis er schließlich unseren Blicken entschwand. »Nein, Watson, sie mögen ihre Ehrungen behalten, und ich bleibe weiterhin Ihrer gegenwärtigen und künftigen Majestäten höchst ergebener und getreuer Gefolgsmann, Mr. Sherlock Holmes.«

Aphrodites trojanisches Pferd
oder
Der Mord auf dem Berge Ida

»Mörderin? *Ich?* Du beschuldigst mich zu Unrecht, o kuhge-
sichtige Herrin des Goldenen Throns.« (Weiß der Himmel,
warum Hera diese Bezeichnung immer als solch ein Kompli-
ment betrachtet.)

Ich brach in Tränen aus und richtete dabei eins meiner glän-
zenden hyazinthblauen Augen aufmerksam auf Vater – pardon,
auf den Großen Donnerer Zeus, den Herrscher der Himmel.
Man kann nie sicher sein, in welche Richtung Vater grollt; er hat
schreckliche Angst vor der Kuhgesichtigen Herrin, sonst als
seine Ehefrau bekannt.

Ich war ziemlich barsch zu einer Vollversammlung der Götter im Saal mit dem Goldenen Boden beordert worden, als ich
gerade meinen goldenen Körper mit dem köstlichsten Veil-
chenöl salbte. Alle waren sie da, die ganze glückliche Familie:
Pallas Athene, Ares, Apollo, Artemis, Hephaistos, Hermes,
Dionysos, sogar Onkel Poseidon war aus diesem Anlaß aufge-
taucht, ganz zu schweigen von jeder Nymphe und Najade, die
rechtzeitig hatte in ihren durchsichtigen Fummel schlüpfen
können. Und ich, Aphrodite, die Göttin des Lachens und der
Liebe, wurde prompt nicht nur angeklagt, sondern anscheinend auch gleich verurteilt. Vater räusperte sich, seine dunklen
Brauen zuckten, und er beschloß ein wenig zu donnern. Dieser Feigling. »Hera hat ihre guten Gründe, Tochter. Man hat
eine Leiche gefunden, und einer meiner Donnerkeile fehlt.«

»Hera ist immer eifersüchtig auf mich, bloß weil ich Diones
Tochter bin und nicht ihre.« Meine Mutter, die Göttin der
Feuchtigkeit, war Hera verhaßt, ebenso wie Thetis, Europa,
Leda und all die Tausende anderer Damen, die Zeus mit seinem
höchstpersönlichen Donnerkeil beglückt hatte.

»Weinst du deshalb ständig, o gelächterliebende Aphrodite?«
erkundigte sich die Giftspritze mit dem Blitzenden Helm,

sonst als Pallas Athene bekannt. Wie Hera hielt auch sie diese blöden langhaarigen Griechen für die feinsten unter den Opferlämmern, nur weil damals, als sie und Hera und ich dem Paris von Troja auf dem Berge Ida unsere Reize vorführten, er den goldenen Apfel als Preis der Schönheit mir zuerkannte. Das war doch ganz *natürlich*. Woher sollte ich wissen, als ich ihm zur Belohnung Helena, die schönste Frau der ganzen Welt, versprach, daß daraus der trojanische Krieg entstehen würde, der nun nach fast zehn Jahren immer noch tobt? Wir mögen unsterblich sein hier oben auf dem Olymp, aber allwissend sind wir nicht und allmächtig auch nicht, nicht einmal der Donnerer selbst, obwohl er gern so tut, als wäre er es. Er mag der oberste Vollstrecker des Schicksals sein, aber zu entscheiden hat er es nicht, und ab und zu läßt seine Aufmerksamkeit nach.

Ich ignorierte sie. Irgendwann würde sie mich schon wieder mal um meinen Kestos bitten, meinen Zaubergürtel, in dem meine unsterblichen erotischen Kräfte liegen. Sie brauchte ihn auch. Ohne ihn könnten diese Amazonenweiber nicht einmal einen Zentauren verführen. Das kommt davon, wenn man voll gerüstet dem Haupte des Zeus entsprungen ist, statt auf die übliche und viel interessantere Art gezeugt zu werden, für die ich zuständig bin.

»Aber wieso denn ich?« jammerte ich.

Der Mächtige Sohn des Kronos verlor die Geduld mit mir; sein Nektar muß an dem Morgen wohl schal gewesen sein. »Weil die verdammte Leiche der Prinz Anchises ist«, donnerte Zeus. »Was sollen wir denn sonst davon halten?«

Ich bedeckte meine muschelgleichen Ohren mit den Händen. Ich war echt schockiert. »Aber ich würde doch *Anchises* nicht umbringen.« (Wenn ich nur die geringste Chance dazu hätte!) »Er ist schließlich der Vater meines geliebten Sohnes.«

»Welches?« fragte mich mein Ehemann Hephaistos mit einem seltenen Anflug dessen, was er für Witz hielt. Wir haben keine Kinder, denn der Schmiedegott ist zu heiß für nahe Berührung. Ich ignorierte auch ihn. Das tue ich meistens.

»Aphrodite«, sagte Vater nun freundlicher. »Du hast damit

gedroht, Anchises zu bestrafen, seit du weißt, daß er sich mit dem Verhältnis mit dir brüstet. Jetzt hat man seine Leiche auf dem Berge Ida gefunden. Nahe bei *meinem* Heiligtum«, fügte er ärgerlich hinzu.

Berg Ida! Gerade der Ort, wo Anchises und ich unsere Liebe besiegelt hatten – er sah so süß aus, wie er da schlafend lag und sich sein hübscher kleiner Lederschurz verschoben hatte und einen wahrhaft prinzlichen Anhänger blicken ließ. Er durchlief gerade die übliche Schäferlehre, die trojanischen Prinzen vorgeschrieben ist (auch der jüngeren Linie, der er angehört), ein Jahr im Freien, damit man weiß, wie andere Leute leben. Ich mußte mich einfach an Ort und Stelle auf ihn stürzen. Der liebe fromme Äneas war das Ergebnis, und Anchises sorgt seitdem dafür, daß niemand das vergißt.

»Aber, Mächtiger Zeus, ich habe deinen Donnerkeil nicht angerührt.«

»Aus dem Donnerkeilvorrat im Zimmer des Goldenen Bettes ist gestohlen worden.«

»Aber es gibt keinen Beweis dafür, daß ich es war.«

»Den gibt es doch.« Seine düsteren Brauen sahen noch schwärzer aus, und meine unvergleichlichen Knie begannen zu zittern. »Alle Götter mit Schlüsseln dazu, außer dir, haben geschworen, daß sie mit« – Zeus hielt inne –»amourösen nächtlichen Tätigkeiten beschäftigt waren. Daraus habe ich bereits geschlossen, daß nur du den Donnerkeil gestohlen haben kannst.«

Ich verteidigte mich dagegen, aber diesmal konnten all meine Schönheit und Liebenswürdigkeit ihn nicht erschüttern. Es war mein Pech, daß dies der eine Tag unter tausend war, an dem er nicht die Hilfe meines Gürtels brauchte, um sein fleißiges Tagewerk zu verrichten.

Dann verkündete er sein Urteil: »Du wirst vom Olymp verbannt und hinabgestoßen in die Unterwelt zu meinem Bruder Hades.«

»Das kannst du doch nicht machen!« Entsetzen hatte mich gepackt. »Dort essen sie doch nur Granatapfelsamen und tragen ganz langweilige Kleider. Und wer soll mir das Haar machen?«

Ich hatte gerade erst einer der Grazien beigebracht, wie sie meine Flechten auf den Schultern in Locken zu legen hatte – Euphrosyne, glaube ich (auch Frohsinn genannt, jedenfalls kichert sie ständig).

Da geschah es, daß ich meinen ersten klugen Einfall hatte. Es geht schon lange das Gerücht um, weil ich schön und liebevoll und freundlich bin, besäße ich keinen Verstand. Was sich nun ereignete, sollte das alles ein für allemal widerlegen.

»Ich beanspruche das Recht, die Leiche zu sehen. Ich möchte den Körper meines Geliebten noch einmal betrachten, ehe ihn der Scheiterhaufen verschlingt«, verkündete ich und legte so viel Schmerz in meine Stimme, wie mir möglich war. Auch jetzt weiß ich nicht, woher mir dieser Geistesblitz kam, aber er rettete mich schließlich vor dem Schicksal eines unsterblichen Todes.

Zeus hüstelte und blickte sich demonstrativ im Kreise seines »Rates« um, obwohl er alle Entscheidungen allein trifft. »Ich sehe keinen Grund, es ihr zu verweigern«, erklärte er. Das nennt man nun mutig!

»Sie muß bewacht werden«, fuhr Hera auf.

»Ich schicke Paian mit. Ein Arzt könnte dabei von Nutzen sein.«

»Das ist doch ein einfältiger alter Trottel. Den wickelt sie um ihren schlüpfrigen Körper«, beschrieb die Königin der Sauren Trauben, Pallas Athene, den Arzt der Götter. Warum muß man eigentlich Schwestern haben, na ja, Halbschwestern.

»Ares, du gehst auch mit«, schnauzte Zeus.

Ich bemühte mich, meinen Jubel zu verbergen. Auf den Kriegsgott hatte ich es schon immer abgesehen. Er ist wenigstens ein richtiger Mann, kein Hephaistos, der herumtobt wie ein Ochse im Nektartassenladen oder den Nymphen nachsteigt wie dieser hinterhältige Sonnengott Apollo.

Zu meiner Freude trat Ares sehr bereitwillig an meine Seite.

»Willst du mich an dich ketten?« fragte ich ihn mit leiser, verführerischer Stimme.

Er wurde rot. »Mache ich meistens nicht, jedenfalls nicht beim ersten Mal«, stotterte er.

Diese Götter denken doch immer nur an das eine! Was glaubte er denn wohl, was ich meinte? Ich bog meinen Körper so vor ihm, daß meine wundervollen Brüste sinnlich unter meinem durchsichtigen Gewand schimmerten.

»Können wir den goldenen Wagen nehmen, Mächtiger Zeus?« fragte ich schmeichelnd. Niemand scheint sich vorstellen zu können, daß es uns Göttinnen ermüdet, auf unseren eigenen Beinen durch die Luft zu schweben, und vom Olymp zum Ida ist es ganz schön weit.

Zeus zögerte offensichtlich unter Königin Heras zornigen Blicken. Es war doch wohl nicht der Tag, an dem sie Großmutter Rhea besuchte? »Im Interesse einer schnellen Erledigung, ja.«

Großartig. Ich würde unterwegs den lieben Äneas aufnehmen und hoffte, daß Zeus dann gemütlich mit der Kuhgesichtigen Herrin im Bett lag und diese Abweichung von seinem Befehl nicht bemerkte.

Ich mag Leichen absolut nicht, vor allem nicht die meiner früheren Liebhaber. Aber heute stand meine Zukunft auf dem Spiel. Merkwürdig, daß die Leiche auf dem Berge Ida lag, fast genau an der Stelle, wo Anchises und ich uns geliebt hatten. Und seitdem hatte er die Frechheit besessen, sich ständig damit zu brüsten, er habe mit einer Göttin geschlafen! Ich nahm all meinen Mut zusammen und näherte mich der Leiche, die unter einem Olivenbaum am Boden lag, bis zur Unkenntlichkeit geschwärzt, aber unzweifelhaft in die Reste der Kleidung des Königshauses des Heiligen Troja gehüllt. Das Emblem des Kranichs war nicht zu verkennen, und es war auch nur ein Kranich, und König Priamos' Nachkommen trugen zwei. Das bedeutete entweder Äneas oder Anchises. Und da mein geliebter Sohn neben mir stand ...

Äneas brach prompt in Tränen aus. »Vater«, jammerte er.

Um die Wahrheit zu sagen, ich finde Äneas ziemlich langweilig. Ich mache mir richtige Sorgen um ihn; er neigt zur Fülle, ist nicht groß und kein guter Kämpfer, ein bißchen hochtrabend und scheint sich überhaupt nicht für Frauen zu interessieren, auch nicht für seine Gattin Kreusa. Warum kann er nicht ein bißchen mehr wie sein Halbbruder Eros sein? Ich habe ihm schon oft Vorhaltungen gemacht, aber er redet von nichts als Politik und der Notwendigkeit, Nationen zu gründen. Ich gebe seinem Vater die Schuld. Er hegte immer einen Groll, weil er der jüngeren Linie der Familie entstammte. Ich bot Äneas sogar die schönste Frau der Welt an – pardon, die zweitschönste Frau nach Helena –, aber nein.

Ich meinte, ich müßte wohl auch Kummer zeigen, also warf ich mich über Anchises' Leiche und weinte höchst überzeugend, während Äneas neben mir weiterschluchzte.

»Geliebter Paian«, sagte ich mit zitternder Stimme, sobald ich wagen konnte, mich von meinem Schmerz zu erholen, »bist du sicher, daß er von einem Donnerkeil erschlagen wurde? Kann er sich nicht auf andere Art verbrannt haben?«

Widerwillig unterzog Paian die Leiche einer näheren Betrachtung. Er ist zu alt dafür, aber was soll man machen? Er hat die Stellung auf Unsterblichkeitszeit.

Ich wandte den Blick von dem geschwärzten Gesicht und den Armen ab. Von jeher lege ich mehr Wert auf die Beine, also konzentrierte ich mich darauf, wie sie unter dem hübschen kleinen kurzen Schurz hervorschauten, und versuchte mir das Verlangen zurückzurufen, das ich einst nach ihm empfunden hatte. Statt dessen kehrte mir das Bewußtsein meiner eigenen und sehr gegenwärtigen Notlage zurück.

»Er liegt unter einem Baum«, bemerkte ich hoffnungsvoll zu Paian. »Vielleicht wurde er zufällig vom Blitz getroffen.«

»Zeus herrscht über alle Blitze und Donner.«

Ich starrte ihn wütend an. Blöder alter Kerl. Vielleicht müßte ich mit ihm schlafen. Zum Glück blieb mir diese Prüfung erspart. Neue Unsterblichkeitskraft schien in Paian zu erwachen, und er entwickelte ein morbides Interesse an der geschwärzten Leiche. Er entnahm seiner vergoldeten Ledertasche verschiedene häßliche Instrumente und führte einige Untersuchungen durch, die ich lieber nicht beobachtete. Schließlich erhob er sich mühsam wieder. »Seine Luftröhren weisen keine Schwärzungen durch Blitzschlag auf, und es gibt auch keine Anzeichen von Hyperämie.«

117

Ich wollte mir keine lange Vorlesung anhören – Zeus hatte als Versuch, mich zu bilden, mich mal in eine von Äskulap gesteckt –, deshalb fragte ich schnell: »Und was bedeutet das?«

»Das bedeutet, daß Anchises durchaus schon tot gewesen sein kann, bevor ihn der Blitz traf. Ist dir das aufgefallen?« fragte er mich geistreich.

Das wäre mir vermutlich aufgefallen, wollte ich schon antworten, verkniff es mir aber. Den älteren Göttern gegenüber sollte man sich nicht allzu gelächterliebend verhalten.

In diesem Augenblick rutschte, sicherlich infolge von Paians Untersuchungen, der teilweise verbrannte Lederschurz noch etwas weiter herunter, und der Bauch, den ich einst so vertraut bewundert hatte, wurde sichtbar. Da stieß ich einen Schrei aus.

»Das ist nicht Anchises!«

»Nun nicht mehr. Seine Seele hat uns verlassen, Mutter.« Äneas seufzte wieder tief auf.

»Das ist nicht seine Leiche«, beharrte ich. »Du kannst dich freuen, mein Sohn.« (Auch wenn meine Gefühle gemischt waren. Ich hätte Anchises liebend gern in den Hades gewünscht, aber ohne meine Begleitung.) »Ich kann mich an Anchises' Körper sehr genau erinnern. Er war makellos. Seht euch den hier an.«

Die Götter und der Mensch starrten hinab auf ein großes erdbeerförmiges Muttermal an der nicht vom Blitz versehrten Seite des Bauches.

»Äneas, du mußt doch wissen, daß er kein Muttermal hat. Du badest doch mit ihm zusammen, nicht wahr?«

»Dann lebt mein Vater«, rief Äneas voller Freude.

»Offensichtlich ohne Kleidung«, bemerkte ich klug. »Ganz typisch für ihn.«

»Mein Vater lebt.« Er ist so schwer von Begriff, dieser Äneas. Es dauert eine Weile, ehe er etwas kapiert. »Zeus sei Dank.«

»Und Dank sei deiner Mutter«, setzte ich betont hinzu.

Dann erwachte in Paian plötzlich der Diensteifer. »Wenn es nicht Anchises ist, wer ist es dann?« Er fragte das offenbar *mich*.

»Paian, in Ausübung meines Berufes habe ich viele Sterbliche nackt gesehen, von Göttern ganz zu schweigen, aber selbst ich bin nicht in der Lage, einen Mann an seinem Muttermal zu erkennen.«

Nun hielt es Ares für angebracht, sich einzumischen. »Wißt ihr denn nicht, daß ein Krieg im Gange ist?« wies er uns zurecht. »Ich führe ihn schließlich. Natürlich liegen da Leichen herum. Irgend jemand wollte uns glauben machen, sie hätten Anchises getötet.«

»Aber warum sollten die Griechen die Leiche *hierher* bringen, wenn sie sie für meinen Vater ausgeben wollten?« fragte Äneas, der seine Hemmung vor den drei Göttern, mit denen er sich unterhielt, überwunden hatte.

»Um mich reinzulegen«, rief ich empört. Ich bin zwar nicht grundsätzlich dagegen, gelegt zu werden, aber diese Tricks von Pallas Athene sind mir zuwider.

»Mit Anchises' Hilfe?« fragte Paian zweifelnd. »Wie kamen sie zu seiner Kleidung?«

»Du bist schlau, Paian«, meinte Ares anerkennend. (Du könntest mich übertölpeln.) »Wenn sie ihn nicht auch umgebracht haben.«

»Ach je, o weh«, war alles, was meinem Sohn dazu einfiel.

Niemand achtete darauf, deshalb sagte er etwas lauter: »Als du mir sagtest, Anmutige Mutter, daß man die Leiche meines Vaters gefunden hätte, fürchtete ich, die Griechen hätten ihn gefangen und niedergemetzelt.«

»Danke, mein Sohn.« Ich war überrascht und erfreut, daß wenigstens er nicht mir die Schuld gegeben hatte.

»Jetzt habe ich den Verdacht, daß es sich um einen heimtückischen Plan des Hauses Priamos handelt.«

Ich war verblüfft. Der alte König Priamos von Troja führt den Krieg so ungeschickt, daß man ihm überhaupt keine Pläne zutraut, weder heimtückische noch sonst welche.

»Mutter, der Große König Priamos fürchtet, daß in Troja ein Aufstand gegen ihn ausbricht, weil immer noch kein Ende dieses Krieges abzusehen ist, und er glaubt, daß die Aufständischen meinen Vater Anchises an ihre Spitze stellen würden.

So treu ergeben wir auch sind, mein Vater und ich mußten um unser Leben bangen. Jetzt, da ich weiß, daß mein Vater lebt, bin ich wieder glücklich.« Zum Beweis weinte er.

»Ach, mein geliebter Sohn.« Alle meine mütterlichen Instinkte verschafften sich Geltung. »Verstehst du denn nicht? Das Haus Priamos würde nicht wagen, Anchises zu töten, denn sie würden sich den Zorn Zeus' zuziehen.« Daran hegte ich keinen Zweifel. Vater hält diesen Krieg für sein ganz persönliches Schachspiel und wird sehr ärgerlich, wenn ein Bauer ohne seine Zustimmung geschlagen wird. Nach seiner Auffassung ist Ares, der Kriegsgott, nur dabei, um ein bißchen herumzubrüllen.

»Und meinen Zorn auch«, warf Ares empört ein. »Es könnte meinem Krieg schaden.«

»Richtig.« Ich klimperte ihn mit meinen Wimpern an, doch diesmal war ich nicht bei der Sache. »Aber verstehst du denn nicht, wenn sie diese Leiche als Anchises begraben würden, dann hätten sie ihren Zweck erreicht, ohne die mächtigen Götter zu beleidigen.« Außer mir, dachte ich grollend.

»Begraben wir doch die Leiche hier«, brummte Ares eifrig. »Dann haben wir ihren Plan durchkreuzt.«

»Moment mal, mir kam da ein Gedanke«, sagte ich rasch, als Paian schon zustimmen wollte. »Zeus schleudert mich in den Hades, wenn ich ihm nicht den Beweis bringe, wer dieser Mann war.« Das Blut wich aus meinen Rosenwangen. »Ich brauche diese Leiche noch.«

»Ich kann sie nicht auf den Olymp mitnehmen«, verkündete Paian, dieser aufgeblasene Idiot. »Dieser Mann ist tot. Es wäre gegen alle Regeln. Ich brauchte dafür eine Sondergenehmigung vom Hades.«

Ich faßte einen schnellen Entschluß. »Dann bringe ich die Leiche selbst nach Troja und fordere Aufklärung darüber, wer diese schreckliche Tat verübt hat.«

»Wenn du recht hast«, sagte Äneas langsam, »dann muß es König Priamos selbst gewesen sein oder, was wahrscheinlicher ist, einer seiner Söhne. Der Große Hektor mit der Schimmernden Rüstung kommt am ehesten in Frage. Oder der schlaue

Helenus, der Seher mit dem Zweiten Gesicht. Oder natürlich Paris.«

Mir schwollen die Zornesadern. »*Paris?*« fragte ich drohend.

Zu spät erinnerte sich mein Sohn, daß ich eine Göttin bin; er fiel auf die Knie und leistete ein paar überfällige Huldigungen. »Er ist ein guter und ehrlicher Prinz«, räumte er hastig ein, »aber er steht sehr unter dem Einfluß von Hektor und Helena.«

Ich verzieh ihm. Über Helena war ich immer geteilter Meinung gewesen. »Na schön. Ich werde nach Troja kommen und Aufklärung darüber verlangen, wer dafür verantwortlich ist, und dann auf dem Olymp einen ausführlichen Bericht erstatten.«

»Beim Anblick deiner göttlichen Aura werden sie vor Schreck verstummen.«

»Das stimmt.« Ich dachte einen Augenblick nach. In dem Moment meinte ich ein Mädchen zu sehen, das uns im Schutz einiger Bäume beobachtete; das Gesicht erweckte eine Erinnerung in mir, aber ich konnte sie nicht bestimmen. Dann war sie verschwunden. Aber sie hatte mich auf einen Gedanken gebracht. »Ich werde in Verkleidung kommen. Eine Macht, die wir Unsterblichen besitzen, ist die Fähigkeit, jede beliebige Gestalt anzunehmen, vorausgesetzt, es ist die eines Sterblichen. Ich werde als sechzehnjährige jungfräuliche Vestalin erscheinen.«

Ares brüllte vor Lachen, und ich fand ihn nun nicht mehr so begehrenswert. »In Troja?«

»Warum kommst du nicht als Hekuba?« schlug mein Sohn vor.

»Dieses alte Scheusal?« Priamos' Gattin ist ebenso alt wie er.

»Sie ist die Königin und eine Ehefrau und Mutter.«

Widerstrebend sah ich die Logik darin ein. Wenn jemand meinen trojanischen Helden Angst einjagen konnte, dann war sie es.

Ich ließ Äneas die Leiche, über seinen Sattel gehängt, durch die Ebene zurücktransportieren. Ares war so nett gewesen, ein Pferd von einem nahen Bauernhof herbeizuzaubern, denn ich meinte, es würde Vater auffallen, wenn sein Wagen mit einem Pferd weniger zurückkehrte. Für den Rückweg vom Berge Ida nach Troja würde Äneas die ganze Nacht brauchen, und ich mußte zwar noch sicherstellen, daß er nicht unterwegs vom griechischen Heer niedergemetzelt wurde, aber mir blieb doch die Zeit, Zeus Bericht zu erstatten. Ich fand ihn im Ambrosiazimmer, da es annähernd Abendbrotszeit war. Die Klänge von Apolls Spiel auf seiner schrecklichen Leier drangen aus dem Marmorsäulensaal herüber. Nur Hebe, die Trägerin des Mächtigen Pokals, lief im Speisezimmer herum und schenkte Nektar ein, aber sie zählt nicht, und so teilte ich Zeus sofort meine Neuigkeiten mit.

»Nicht Anchises? Wer zum Teufel ist es dann? Ich habe nichts von ihm gesehen.«

»Genau das möchte ich herausbekommen, Vater.«

Er warf mir einen mißtrauischen Blick zu. »Du willst ihn doch nicht abschießen, was? Ich hab den Donnerkeil immer noch nicht gefunden.«

»Natürlich nicht. Wie könnte ich denn? Ich habe ihn doch einmal geliebt«, sagte ich tugendhaft. Mehrere Male, um genau zu sein.

»Du hast achtundvierzig Stunden Zeit, und ich erwarte einen vollständigen Bericht darüber, was da passiert ist. Und zwar mit Beweisen. Ich muß sagen, Aphrodite, du bist ein tüchtiges Mädchen«, fügte er anerkennend hinzu. »Ich hätte nie gedacht, daß du das Zeug dazu hast. Aber du bist ja auch meine Tochter.«

»Ich habe deinen Verstand ebenso wie deine Schönheit geerbt, Vater«, schleimte ich.

Zehn Minuten später war ich schon auf dem Weg, nachdem ich mir gerade nur einen Mundvoll Ambrosia im Vorbeigehn aus der Küche geholt hatte.

»Große Königin, Weise Hekuba, sei willkommen!«

»Mächtiger König Priamos, geehrter Gatte, sei gegrüßt.« Was für ein Gewäsch, dachte ich. Sollte er mich etwa küssen? Ich hatte nicht daran gedacht, mich über ihre ehelichen Beziehungen zu informieren, ehe ich hereinbrauste.

Ich war gerade rechtzeitig an der Tür seines Ratssaales erschienen. Trompeten im Empfangssalon verkündeten die Ankunft von Äneas. Die echte Hekuba war im Tempel in ein Frauengespräch mit ihrer Tochter Kassandra vertieft, wie ich festgestellt hatte. Das würde Stunden dauern; Kassandra ist nicht nur langweilig, wenn sie sich über die Zukunft ausläßt, sie ist auch von höchst langsamer Langeweile.

Im Hinausschreiten folgte ich Priamos' watschelndem Gang (und hätte ihm am liebsten in seinen chitongewandeten Hintern getreten), nachdem ich zuvor schon Sklaven ausgeschickt hatte, die Hektor, Helenus und – falls er aus Helenas Bett losgeeist werden konnte – auch Paris herbeiholen sollten. Äneas hatte recht, diese drei aus des Mächtigen Priamos mächtig zahlreicher Brut waren in erster Linie verdächtig. Zum Glück hatten sie es nicht weit. Priamos hatte seinen Palast in ungefähr fünfzig recht geschmackvolle Wohnungen für seine Kinder, deren Familien und für die Nebenlinien des Königshauses umbauen lassen. Das war der einzige gescheite Einfall, den er je gehabt hatte, alle in seinem alternden Auge zu behalten.

Wir nahmen entsprechend der königlichen Hackordnung auf den Stufen des Podests im Saal Aufstellung: Priamos vorn, ich stand etwas dahinter und blinzelte Äneas zu, hinter uns der Mächtige Hektor der Muskelprotz, Helenus der schlanke Sexualprotz und Paris, einst mein Liebling, aber nun ziemlich aus dem Leim gegangen. Einer von ihnen, sagte ich mir, mußte der Mörder sein, und ich wollte herausbekommen, wer.

»Ich fordere Gerechtigkeit, o mein König.« Äneas drapierte die Leiche geschmackvoll zu seinen Füßen.

Priamos spielte geschickt den schockierten Monarchen. »Prinz Anchises!«

»Nur seine Kleidung. Darin liegt ein Fremder.«

»Warum behelligst du uns dann damit?« meldete sich Helenus zu Wort.

Ich wußte schon immer, daß er der einzige Intelligente in dieser Familie war.

Äneas wandte ihm ein gekränktes Gesicht zu, während er den Spruch losließ, den ich ihm eingegeben hatte: »Die Leiche wurde auf dem Berge Ida gefunden, in der Nähe des Altars des Mächtigen Kronossohns Zeus. Wenn er nicht Genugtuung erhält, wird er seinen Zorn gegen Troja richten und seine Gunst den Achäern zuwenden.« (Die letzteren kennt man sonst als Griechen, aber ich erwähnte schon, daß Äneas ein wenig geschwollen redet.)

Hektor begann größeres Interesse zu zeigen. »Bist du sicher, daß es nicht dein Vater ist?« fragte er etwas erwartungsvoll.

»Ganz sicher«, antwortete mein Sohn ziemlich würdevoll. »Es tut mir leid, wenn ich dich enttäuschen muß.«

Hektor zog einen Dolch aus dem Gürtel. »Stelle dich mir zum Kampf, Prinz Äneas. Sofort.«

»Es sind die Griechen, denen du dich zum Kampf stellen solltest«, wies ihn Priamos ärgerlich zurecht. Daran sieht man, weshalb er sich für einen großen König hält.

Hektors Antwort ging im erneuten Schmettern der Trompeten unter, das mit monotoner Regelmäßigkeit ertönte. Könnte das Anchises selbst sein, fragte ich mich, der mir zu Hilfe käme? Ausnahmsweise wäre ich froh, ihn zu sehen. Dann begriff ich. All das Oh und Ah draußen auf dem Gang zusammen mit der schon spürbaren berauschenden Wolke von Parfüm, die zwischen den Marmorsäulen heranschwebte, konnte nur eines bedeuten: Das Gesicht, das tausend Schiffe über das Meer führte, nahte sich uns, Helena von Troja. Oder genauer gesagt, von Sparta, ehemalige Ehefrau von König Menelaos und einer meiner größten Fehler.

Sie rauschte herein, und wir alle seufzten wie gewohnt in Bewunderung ihrer Schönheit; ihre goldenen Flechten schimmerten, ihre Silberdiademe glänzten, ihre wundervollen Brüste lugten schamhaft aus ihrem seidenen Wickelkleid heraus. Sie schlug ihre klaren tiefblauen Augen auf und kam direkt auf mich zu. »Große Mutter«, begann sie.

Ich bemühte mich, ihr geduldig zuzuhören, aber es fiel mir schwer. Als ich Paris die schönste Frau der Welt schenkte, war ich bis an die Grenze der Selbstaufopferung gegangen, denn ich hatte es selbst auf ihn abgesehen, und seit dem Erscheinen Helenas hat er keine Augen mehr für jemand anderes. Sie ist schön, das muß ich zugeben, und sie ist auch gescheit, weshalb sie unter den einfacheren, ihr Vergnügen liebenden Trojanern leicht reizbar wirkt. Ins Schaufenster legt sie spröde Schüchternheit, aber hinten im Lager handelt sie en gros mit Übellaunigkeit, gewürzt mit dem Blut einer Widerspenstigen. Im Laufe der Jahre hat die Halsstarrigkeit kleine Falten in ihr Gesicht eingegraben, die all die Bienensalbe Assyriens nicht mehr beseitigen kann. Ich muß daran denken, daß ich unsterblich bin, und versuchen, tolerant zu sein, ha ha!

»Dies ist nicht der richtige Ort für dich, mein Liebling«, meinte Paris besorgt wie ein verliebter Jüngling, obwohl er nun schon seit zehn Jahren mit ihr schläft.

»Wer ist das?« fragte sie gelangweilt, als sie die verbrannte Leiche vor Priamos' Füßen auf dem Boden liegen sah.

»Ein unbekannter Fremder, mein Liebling.«

»Mit einem großen erdbeerförmigen Muttermal auf dem Bauch«, fügte ich hilfreich hinzu und vergaß dabei ganz, daß Hekuba ja nicht die intime Kenntnis haben konnte, die ich besaß.

Man hörte einen Schrei und einen Fall. Helena war ohnmächtig geworden.

Warum sahen sie alle mich an? Dachten sie, ich hätte sie plötzlich mit einem Donnerkeil erschlagen? Ich wünschte mir, ich hätte den Mut dazu. Dann fiel mir ein, daß ich ja gegenwärtig nicht Aphrodite, die Göttin der Liebe, war, sondern Königin Hekuba, die einzige anwesende Frau (von ungefähr einem halben Dutzend Sklavinnen einmal abgesehen). Ich war daher in einer hervorragenden Position, um die Wahrheit herauszufinden, und die brauchte ich bestimmt, wenn ich darum herumkommen wollte, mich auf ewige Zeiten im Dunkel der Unterwelt allein anzukleiden. Ich kenne König Hades nicht sehr gut, aber ich bin mir ziemlich sicher, daß er mir keinen Ausgang genehmigen würde, damit mir die Damen Aglaja, Euphrosyne und Thalia, eher als die drei Grazien bekannt, Bänder aus Hyazinthen und Perlen ins Haar flechten könnten. Ihre Namen lassen sich etwa mit Glanz, Frohsinn und Blühende übersetzen, und soweit ich weiß, hält Hades von alledem nicht sehr viel. Ich war auch keineswegs sicher, daß ich dort meinen Beruf weiter ausüben könnte. Hades' Gefolgsleute stehen in dem Ruf, ziemlich ruhige, ernste junge Männer mit blassen Körpern und äußerst häßlicher Kleidung zu sein.

Daher eilte ich in größter Sorge zu meiner Schwiegertochter hin. »Komm zu dir, mein Kind«, säuselte ich, beugte mein faltiges Gesicht dicht über sie und goß ihr mit innigem Vergnügen einen Becher Wein ins Gesicht. Sie öffnete die Augen und sah mich ohne große Zuneigung an. »Komm mit in mein Gemach«, lud ich sie ein, »damit ich dich pflegen kann.«

Ich hätte mir denken können, daß Paris Ärger machen würde. »Ich komme mit«, verkündete er. »Alles, was Helena betrifft, betrifft mich auch.«

Ich sah den Muskelmann Hektor, den Schönen Helenus und meinen Gatten hilfesuchend an. Ich hätte mir denken können, daß mich Priamos nicht unterstützen würde. Er stammt zwar auch von Zeus ab, doch Verstand und Mut waren schon knapp geworden, als die Reihe an ihn kam. Nun mußte es also sein. Ich trat dicht an Paris heran und ließ ihn meine Aura spüren. Streng genommen ist dies nur Apollo erlaubt, aber Not kennt kein Gebot. Ich grinste ihn mit meinem zahnlosen Altweibergesicht an und dachte, er würde auch gleich ohnmächtig.

»Überlaß das mir, Paris«, schmeichelte ich.

Er tat es nur zu gern. Aus irgendeinem Grund fürchtet er von mir immer Ärger, was ich höchst unfair finde. Ich habe ihn schließlich nicht gezwungen, die Nymphe Önone, seine erste Liebe, wegen Helena zu verlassen. Ich hatte ihm die schönste Frau der Welt zwar angeboten, aber er brauchte sie ja nicht zu nehmen. Wir Götter können nicht immer alle Schuld auf uns nehmen. Önone! Jetzt fiel mir ein, wer das Mädchen war, das ich auf dem Berge Ida gesehen hatte. Sie wohnt immer noch dort in einer Schäferhütte, damit sie ihre verlorene Liebe beklagen kann, und sie mischt beständig Liebestränke, um ihn damit zurückzugewinnen. Dieses Dummchen. Ich bin die einzige, die das schaffen könnte, dank meinem Zaubergürtel. Gegen Helena hat sie keine Chance.

Kaum waren wir in dem Gemach, da tat Helena so, als werde sie wieder ohnmächtig: sie schloß die Augen und sank auf ein Ledersofa. Ich blieb bei ihr und kniff sie wie zufällig mit den Fingernägeln. »Sag mir, mein süßes Kind, wer er war. Eher gehe ich nicht weg.«

Keine Antwort.

»Wer war der Mann?« fragte ich schärfer und kniff sie stärker.

Sie öffnete ihre großen blauen Augen und sah mich offen an, also wußte ich, daß sie lügen würde. »Es ist ein Melonenhändler vom Markt. Ich sehe ihn dort immer von der Stadtmauer aus, wenn ich spazierengehe.«

»Und kannst du von der Stadtmauer aus auch seinen nackten Bauch sehen, mein liebes Kind?«

Sie entschied sich für eine neue Ohnmacht, und ich beschloß, die tragische Familienmutter zu spielen.

»Tochter des Zeus«, begann ich (damit ist sie so etwas wie meine Schwester, uff!), »genügt es dir nicht, daß du diesen Krieg über unser unschuldiges Volk gebracht hast, indem du deinen Gatten Menelaos verlassen hast? Mußt du jetzt auch noch Schande über uns bringen?«

Dieser rührende Appell hatte keinerlei Wirkung.

»Ich werde herausbekommen, wer der Mann war«, versicherte ich ihr beiläufig, »und dann werde ich es Paris erzählen. Wie du weißt, ist Hektor gegen alles, was Paris beunruhigen könnte, zumal wenn es sich bloß um Frauen handelt. Die Stimmung in Troja neigt sehr dazu, Frieden mit den Griechen zu schließen, und wenn ich meinem Gatten, dem Mächtigen Priamos, einen guten Grund liefere, dich aus Troja hinauszuwerfen, dann würde das sehr helfen.«

Sie wurde blaß, und ich wußte, daß ich jetzt die Oberhand hatte.

Ich schmeichelte ein bißchen. »Sag mir die Wahrheit, schöne Helena, und sie bleibt unter uns. Wenn du dich weigerst, erfinde ich eine überzeugende Geschichte von deinem Ehebruch mit einem Markthändler und fordere meinen Sohn auf, Rache an dir zu nehmen.«

»Na schön«, stimmte sie widerwillig zu. »Aber versprich mir bei Artemis, daß du mich nicht verrätst.«

Ich habe nichts gegen die Göttin der Jagd, wenn sie auch, weil sie noch keinen erwischt hat, immer noch Jungfrau ist, also versprach ich es ihr in der Hoffnung, daß Artemis gerade ein Nickerchen machte und nicht nachprüfen konnte, wer ich war.

»Es ist Marmedes.« Helena schielte zu mir herüber, um zu sehen, wie ich das aufnahm.

Einen Moment ging es mir nicht auf, aber dann ...

»Das ist ein *Grieche!*« schrie ich. »Und ist er nicht der Stabschef von Diomedes?« Die unsterbliche Göttin wäre fast aus Hekubas Haut gefahren und hätte einen Sofortantrag auf einen autorisierten Donnerschlag gestellt.

Diomedes, der König von Argos, war der Schurke, der es gewagt hatte, eine Göttin zu verwunden! *Mich!* Das ist gegen alle Regeln, aber Pallas Athene, gesegnet sei ihr Keuschheitsgürtel aus Schweißstahl, hatte ihm eine Sondergenehmigung erteilt. Und alles nur, weil ich mich in die Schlacht eingemischt hatte, um meinen geliebten Sohn Äneas vor dem Tod durch Diomedes' Hand zu bewahren. Was sollte eine Mutter denn sonst tun? Und bloß deshalb verwundete er mich an der Hand, und etwas unsterblicher Ichor floß, und es tat richtig weh, und ich mußte weinend zu Paian laufen und mich heilen lassen.

Und Helena, die mir alles verdankte, ging nun hin und trieb es (dessen war ich mir ganz sicher) mit seinem Stabschef. Aber ich mußte vorsichtig vorgehen und daran denken, daß ich ja Hekuba war.

»Und was macht ein Grieche in Troja? Hast du, meine Schwiegertochter, dich mit einem Spion eingelassen?«

»Aber *nein!*«

»Ist er hergekommen, um dich zu Menelaos zurückzuholen?«

»Nein. Er hat mich selber gern. Wir lieben uns nämlich«, rief sie hemmungslos aus. »Oder liebten uns.« Sie weinte wieder, bis ihre Augen rot wurden. Daran erkannte ich, daß sie die Wahrheit sagte.

»*Lieben?*« fragte ich ungläubig. »Aber Paris soll doch deine einzige und wahre Liebe sein – darum geht es schließlich in diesem ganzen Krieg.«

»Ich bin jetzt schon zehn Jahre hier«, erklärte sie verärgert. »Da kann ich mich doch wohl gelegentlich mal mit einem Landsmann treffen.«

»Wie gelegentlich?«

»Nur dreimal die Woche«, meinte sie selbstzufrieden. »Er verkleidete sich als Melonenhändler und kam morgens um neun zum Skäischen Tor, wenn es für die Marktleute geöffnet wurde. Um zwölf machte ich meinen Spaziergang auf der Stadtmauer, und wir trafen uns in einem der Wachtürme.«

»Merkten die Wachen nichts davon?« erkundigte ich mich sarkastisch.

»Es gibt nur einen Wächter, denn der Turm blickt auf die offene Ebene hinaus, nicht auf das griechische Lager. Den bestachen wir. Ich verließ Marmedes um vier und ging zurück und empfing Paris, wenn er vom Kriegsrat bei deinem verehrten Gatten kam.«

»Gatten?« wiederholte ich und dachte einen Moment, sie meine Hephaistos.

»Entschuldige, Große Königin. Beim Mächtigen Priamos, dem König von Troja.« Zum Glück hielt sie meine Verwirrung für Zorn. »Marmedes kehrte zum Markt zurück und verließ die Stadt mit den anderen Markthändlern um sechs.«

»Und wann hast du dieses Prachtexemplar von Mann zuletzt gesehen?«

»Vor zwei Tagen. Ich verließ den Turm wie üblich um vier Uhr und erwartete ihn heute um zwölf zurück. Und nun liegt er da draußen und ist *tot*.«

»Und in Anchises' Kleidung«, ergänzte ich. »Marmedes war ein Grieche und ein Spion. Vielleicht war er auch ein Mörder, der Anchises umbrachte und dann selbst umgebracht wurde.«

»Dann lohnt es wohl kaum, dem noch weiter nachzugehen«, legte mir Helena hoffnungsvoll nahe.

So ist meine Schwiegertochter, oder vielmehr Hekubas. Die

Liebe fliegt zum Fenster hinaus, sobald es ihr an die eigene rosige Haut geht. So leicht kam sie mir nicht davon. Meine eigene rosige Haut war viel wichtiger.

»Meine Tochter, ein Mensch ist getötet worden. Und wo ist Anchises? Marmedes' Mörder weiß das vielleicht. Wir müssen ihn stellen.«

»Marmedes war ein lieber Mensch. Er konnte nicht mal einen Skorpion töten, geschweige denn Anchises.«

»Wer weiß sonst noch von deinen Zusammenkünften, außer dem Wächter.«

»Ich habe niemandem davon erzählt.«

»Hatte Paris keinen Verdacht?«

»Ihm würde nicht mal im Traum einfallen, daß ich jemand anderen als ihn auch nur ansehen könnte.« Sie wackelte zufrieden mit den Hüften.

Ich ließ das durchgehen. »Und wenn doch?«

»Er würde ihn umbringen oder Hektor bitten, das für ihn zu tun – ach!« Sie schien von ihren eigenen Worten überrascht, aber ich glaubte, sie habe draußen jemanden gesehen. Ich schaute hinaus und entdeckte zu meinem Entsetzen, daß die alte Königin selbst nach ihrer Unterhaltung mit Kassandra im Tempel der Athene auf den Palast zuwankte. Es hatte nichts genutzt, gute Ziegen an Pallas Athenes Altar zu opfern. Ich kenne niemanden, der die Griechen so verbissen unterstützt wie sie, und wenn sie erfuhr, daß die Leiche auf dem Berge Ida kein Trojaner, sondern Marmedes war, dann würde sie mein Ichor sehen wollen.

Ich zog mich schnell aus meinem Gemach zurück unter dem Vorwand, als alte Frau einem natürlichen Bedürfnis nachkommen zu müssen – was für ein Glück für uns Unsterbliche, daß wir uns um solche Dinge nicht zu kümmern brauchen, obwohl ich mich manchmal frage, wo all der Nektar bleibt –, und ließ mein hellblaues Kleid verschwinden, gerade als Hekuba orangefarben gekleidet hereinrauschte. Ich lachte in mich hinein. Sollten doch die Damen versuchen, sich das zu erklären. Ich hatte Wichtigeres zu tun.

Ich verfügte mich schnell zu Äneas' eigener Wohnung innerhalb des Palastes, wo sein vorlauter Sohn Julus mit einem Himation um die Schultern und Äneas' großem Paradehut auf dem Kopf herummarschierte und Priamos nachmachte. Ich mag meinen Enkel nicht und war gerade zum günstigsten Zeitpunkt hereingeschneit. »Du verspottest meinen Gatten, Julus?«

»Große Königin.« Äneas lief rot an, gab Julus eins hinter die Ohren und warf sich vor mir nieder.

»Schon gut«, sagte ich gnädig, »ich brauche deine Hilfe, Äneas.«

Ich merkte, wie sich seine Miene veränderte, als er erkannte, daß ich es noch war.

»Wir werden einen Wächter verhören. Die Leiche war Helenas Liebhaber, ein Grieche, Diomedes' Stabschef. Erinnerst du dich an ihn?«

Er errötete; es ist ihm immer so lächerlich peinlich, daß ihn seine Mutter vor dem Tod auf dem Schlachtfeld gerettet hat.

»Er war als Spion hier?« knurrte er.

»Er verkleidete sich als Markthändler und traf sich mit Helena von zwölf bis vier in einem der Wachtürme. Ich bin mir ganz sicher, daß Helena von dem Wächter an jemand verraten wurde. Sobald er uns sagt, an wen, haben wir den Mörder.«

»Warum überläßt du das nicht mir, Mutter? Es ist meine Sohnespflicht, festzustellen, was mit meinem verehrten Vater geschah.«

»Weil …« Ich unterbrach mich. Dies war eine olympische Geheimsache. Statt dessen sagte ich: »Es ist bekannt, daß ich Troja in diesem Krieg unterstütze. Wenn Troja nicht fallen soll, dann muß dieser Mörder gefunden werden.«

»Troja fallen?« Er schlug sich an die Brust. »Zeus bewahre uns davor.«

»Es hat keinen Zweck, das Unmögliche zu fordern«, erwiderte ich knapp. »Hera liegt ihm ständig in den Ohren, er solle ihr helfen, die Griechen zu unterstützen. Diese Angelegenheit muß schnell geklärt werden, sonst ist es mit Troja vorbei.«

Und mit Aphrodite, dachte ich mit einem Schauer der Angst,

als wir die Stadtmauer entlanggingen. Trotzdem genoß ich es eigentlich, mich als Sterbliche zu verkleiden, jedenfalls als Königin. Es macht keinen Spaß, sich als Sklavin zu verkleiden; es ist dann immer so schwierig, sich einen Liebhaber auszusuchen.

Wir erreichten den Wachturm, den Helena beschrieben hatte, und wollten in die Turmstube eintreten. Sie war verschlossen. Äneas warf sich tapfer gegen die Tür und tat sich unnötig weh. Göttinnen können sich auch nützlich machen. Ich zauberte uns beide hinein, mußte aber feststellen, daß der Wächter uns nichts mehr verraten würde. Er war tot über den Tisch gesunken, die Reste seiner Mahlzeit standen noch herum. Ich bin selten so enttäuscht worden. Ich überlegte sogar, ob ich nicht zum Fluß Lethe hinuntereilen und ein Wort mit Charon reden sollte, bevor der Tote den Fluß überquerte. Ein Blick auf die Leiche belehrte mich jedoch, daß er schon zu lange tot war. Er war bereits über den Fluß, an Cerberus vorbei und im Hades geborgen. Jemand hatte ihm sorgsam zwei Münzen als sein Fährgeld in den Mund gesteckt, und Charon ist so ein habgieriger alter Schweinehund, daß er manchmal nicht abwartet, bis die Leiche begraben ist, bevor er sein übelverdientes Geld einstreicht.

»Vergiftet«, stellte Äneas grimmig fest. »Wahrscheinlich Bilsenkraut oder Atropin. Dafür gibt es jetzt einen üppigen Schwarzmarkt.«

»Das ist ja schrecklich«, erwiderte ich empört. »Ich kann mich an diesen armen Wächter gut erinnern.« Das konnte ich wirklich. Erst vor zwei Jahren hatte ich beschlossen, seine Liebe zu einer jungen Priesterin zu belohnen, und Pallas Athene hatte noch tagelang vor Wut getobt.

»Wirklich ein armer Kerl. Wer von ihnen mag es wohl getan haben?«

»Hektor, Paris, Helenus oder Priamos«, überlegte ich. »Marmedes trug Anchises' Kleidung. Wie konnte es dazu kommen, Äneas?« Ich machte mir Sorgen, denn es wurde Zeit für den Nachmittagsnektar, und Zeus würde bald einen Zwischenbericht von mir erwarten.

»Nur wer eine Wohnung in dem königlichen Palast besitzt, konnte sie sich beschaffen. Wenn Vater fürchtete, man wolle ihn ermorden, könnte er geflüchtet sein und sich verborgen halten. Ich glaube, sie haben diesem Fremden seine Kleidung angezogen, damit die Trojaner ihn für tot halten. Wie ich früher schon gesagt habe, Mutter«, meinte er vorwurfsvoll, als sei ich schwer von Begriff.

In dem Moment hatte ich meinen zweiten brillanten Einfall.

»Heil dir, Mächtiger Zeus, Sohn des . . .«

»Wo zum Hades bist du denn gewesen, Aphrodite? Ich hab schon Iris und Hermes losgeschickt, damit sie nach dir suchen. Hast du endlich rausbekommen, wessen Leiche das ist?« Vater stampfte ärgerlich in der Halle der Marmorsäulen herum.

»Deine Tochter Helena«, sagte ich bedeutungsvoll, »hat ihn als Diomedes' Stabschef identifiziert.« Vater lachte amüsiert, sein Zorn war verflogen. »Und als ihren Liebhaber.«

Er hörte auf zu lachen und brüllte wieder. »Wie sollen die Griechen denn Troja plündern, um Helena zurückzuholen, wenn sie sich gerade einen griechischen Liebhaber zugelegt hat? Das ist dein Werk, Aphrodite.«

»*Meins?*«

Selbst er merkte, daß er ungerecht gewesen war, und er streichelte mich zerstreut. »Ach, laß nur, richte es einfach so ein, daß du diese ägyptische Schäferin mit deinem Zaubergürtel zu mir bringst, und wir reden nicht weiter darüber.«

»Dank dir, großer Zeus«, knurrte ich wütend.

»Aber du wanderst immer noch in den Hades, wenn du nicht genau herausbekommst, was passiert ist.«

»Das habe ich bereits!« rief ich schnell aus, denn mich traf gerade mein dritter Geistesblitz. »Die entscheidende Frage ist, warum man Marmedes die Kleidung von Anchises anzog. Es muß ihn jemand getötet haben, der im Palast leichten Zugang sowohl zu der Kleidung wie zu Anchises hatte. Wenn Anchises als tot gilt, dann kommt das dem Hause Priamos sehr zustatten. Nun wirst du fragen« – ich drehte richtig auf –, »was ist aus der Kleidung des Griechen geworden? Ich sag es dir: Die trägt *Anchises,* und den hat Priamos als Spion ins Lager der Griechen geschickt.«

Unglücklicherweise hatte ich nicht bedacht, welche Wirkung das auf Vater haben würde. Seine berühmten düsteren Brauen hoben sich fast bis zum Mächtigen Haaransatz. »Aber dann könnte er die Pläne der Griechen erfahren!«

Ich trat einen eiligen Rückzug an. »Er hat keine Chance. Äneas hat seinen Mangel an Verstand von jemand geerbt, weißt du.«

Er wollte anscheinend etwas sagen, überlegte es sich aber anders. »Suche Anchises . . .«

»Aber das kannst du doch tun«, protestierte ich empört. »Du bist doch der allessehende Zeus, sobald du nur willst.«

»Ich habe Hera eine Nacht im Goldenen Bett versprochen«, murmelte er. »Ein *bißchen* freie Zeit habe ich doch wohl verdient.«

Mir wurde das Herz schwer. In meinen Augen ist das Jagdmachen auf jede sterbliche Frau, die nicht schielt oder drei Beine hat, kein Beruf. »Na gut, ich mache es«, sagte ich tapfer.

»Und wenn du schon dabei bist, stell auch fest, wer von diesen verdammten Trojanern meint, er könne den Krieg besser führen als ich!«

War es Paris mit der einst goldenen Haut, Helenus mit dem schlanken wollüstigen Körper, der glänzend gerüstete Hektor oder der mächtige Priamos selbst? Ich sank auf mein himmelblaues seidenbezogenes Bett und überlegte mir einen Schlachtplan. Wie sollte ich verfahren? Ich konnte nicht ständig als Hekuba gehen, und wenn ich in eigener göttlicher Person auftrat, würden alle vor Schreck verstummen, die Unschuldigen wie die Schuldigen. In Gedanken ließ ich die Hand über das Bettzeug gleiten – und da wußte ich, wie ich Helenus zum Reden bringen würde: durch meine eigenen Reize. Also konnte ich doch in eigener Person erscheinen.

Ich ließ mir von den Grazien rasch ein niedliches lila Kleidchen machen und mir zu meinen Augen passende Hyazinthen ins Haar flechten mit hübschen kleinen Schwertlilien dazwischen. Ich parfümierte mich mit Rosenöl, reckte mich lustvoll und spähte zur Erde hinunter. Ich konzentrierte alle meine Sinne auf Helenus, um zu sehen, was er tat. (So etwas strengt uns mächtig an, deshalb können wir es nicht oft machen.)

Er saß im Bad. Ich war schon seit einiger Zeit neugierig auf Helenus' Körper – und ich hatte richtig vermutet. Köstlich. Prompt zauberte ich seine Sklaven hinweg.

»Wo seid ihr?« schrie er sie an vor Ärger, daß er seinen prächtigen sonnengebräunten Körper selbst abtrocknen mußte.

»Hier bin ich«, rief ich mit leiser, verführerischer Stimme und trat anmutig in Erscheinung, während meine Aura ihn wild umwogte. Er war so überwältigt von meiner Schönheit, daß er sich nach dem nächsten Ausgang umsah. Der törichte Junge. Ich führte ihn zu einem Lager, legte ihn darauf und setzte mich dazu und trocknete ihn vollends ab, sanft, langsam und wollüstig. Als ich fertig war, waren wir beide für das Nachfolgende bereit, und er hatte seine Scheu vor der Umarmung einer Göttin völlig vergessen. Er war ein so guter Liebhaber, daß ich schon daran dachte, ihn mit meinem Zaubergürtel zu binden, damit er sich in mich verliebte, aber ich entschied mich dagegen. Es könnte meine Nachforschungen behindern. Als er danach in meinen Armen lag, gurrte ich zärtlich: »Wo verbringst du deine Nachmittage, Helenus?«

»Meine Lippen sind versiegelt«, murmelte er schläfrig.

Es mußte eine Frau sein. »Dann löse das Siegel, Liebster, und sag mir, wo du am Nachmittag vor drei Tagen warst.«

»Ach, große Göttin, das weißt du doch, ohne daß ich es dir sage.«

»Das ist eine falsche Vorstellung«, erwiderte ich ärgerlich. »Wir können nicht alle Menschen gleichzeitig beobachten.«

Helenus ist ebenso intelligent wie sexuell anziehend. Er stützte sich auf einen Ellbogen, streichelte meine linke Brust und grinste mich an. »Es geht um Helenas Liebhaber, nicht wahr?«

»Dann hast du also davon gewußt!« rief ich aus.

»Wir vier wußten davon, Hektor, Paris und Vater.«

»Und wer von euch hat ihn umgebracht und die Leiche nachts

auf den Berg Ida geschafft, um *mir* die Schuld zuzuschieben?«
fragte ich zornig, nachdem ich ihm den Zeitplan von Helena
und Marmedes erklärt hatte.

»Ich nicht. Ich war an dem Nachmittag bei einer Freundin.«

»Und die heißt?«

Er zögerte. »Wenn du nicht eifersüchtig wirst. Oder mich
verrätst?«

Ich konnte schlecht behaupten, während seine Hand sich
weiter nach unten bewegte, daß ich hauptsächlich beruflich
hier wäre.

»Niemals. Wir Götter sind über die kleinlichen menschlichen Gefühle erhaben.« Es war ein abgedroschener Spruch,
aber er tat seine Wirkung.

»Es war Kreusa.«

»*Was?*« Ich richtete mich empört auf und vergaß für den Augenblick ganz diese entzückende Hand. »Aber sie ist meine
Schwiegertochter. Ich dachte, du hättest ein Auge auf Hektors Andromache geworfen.«

Er grinste. »Dazu sage ich nichts.«

Ich versuchte ihn zu beschämen, indem ich seufzte. »Was
soll aus meinem geliebten Troja werden, wenn ihr es selbst im
Königshaus so treibt?«

»Ach, das kann ich dir sagen. Es wird fallen.«

Ich hatte Helenus' große Gabe vergessen. Wie diese kleine
Göre, seine Schwester Kassandra, besitzt er das zweite Gesicht. In direkter Linie von Zeus geerbt, könnte man sagen. Vater hatte es uns noch gar nicht verraten.

»Warum? Wegen eurer Liebesaffären?«

»Ich sehe nur die Wirkung, nicht die Ursachen oder die Mittel. Kreusa kann meine Geschichte bestätigen.«

»Das spielt kaum noch eine Rolle«, erwiderte ich verdros-
sen, »wenn Troja doch fallen muß.«

»Bevor es fällt«, lockte er, und seine Hand nahm ihre entzückenden Bewegungen wieder auf, »wie wäre es …«

Mein nächstes Ziel war Paris, und auch diesmal meinte ich,
ich müsse mich nicht verkleiden. Ich überlegte, ob ich mich
wieder entkleiden und ihn damit an den Berg Ida erinnern

sollte und an alles, was er mir verdankte, aber dann stieg ich doch in meinem alten Ambrosia-Frühstückskleid hinab. Schließlich bin ich schön in allem, was ich trage, und außerdem neigt er etwas zur Fülle. Kein Wunder, daß Helena sich nach Abwechslung umsieht.

Er hatte wenigstens den Anstand, sich vor mir zu fürchten. »Große Göttin«, stammelte er, als ich durch die Luft in sein Zimmer geschwebt kam, während er gerade seine neuen halblangen Lederstiefel im Spiegel bewunderte. Ich machte eine etwas zu schnelle Landung, und ein paar Edelsteine aus meinem Diadem rollten auf den Boden. Das würde Helena Stoff zum Nachdenken geben.

»Wo warst du am Nachmittag vor drei Tagen«, fragte ich scharf, »zwischen vier und sechs?«

»Warum?«

Ich sah ihn an und gab ihm damit zu verstehen, daß mit mir nicht zu spaßen sei (außer in vertraulichen Momenten, über die ich selbst entscheide).

»Ich war beim Bogenmacher.«

Ein Gefolgsmann, der zweifellos alles bestätigen würde, was Goldprinz Paris sagte. Wenn er aber die Wahrheit sprach, dann konnte er Marmedes nicht getötet haben. Ich beschloß, deutlich zu werden. Es ging um Helena oder mich, und ich zog es vor, selbst die Überlebende zu sein.

»Die Leiche war Marmedes von Argos. Hast du ihn umgebracht?«

»Ein Grieche?« Er fuhr zurück. Es sah ganz echt aus.

»Das weißt du doch«, entgegnete ich sanft. »Und du weißt auch, daß Helena eine Liebschaft mit ihm hatte.«

Paris machte ein verdrossenes Gesicht. »Wer hat dir das gesagt?«

»Wir Göttinnen wissen alles«, log ich in erhabenem Ton.

»Dann weißt du ja auch, wer ihn umgebracht hat«, antwortete er mit einleuchtender Logik.

»Fast alles«, verbesserte ich mich würdevoll. »Du kannst doch nicht zwei Stunden beim Bogenmacher gewesen sein. Helena verließ ihr Stelldichein um vier, und damit bleiben noch zwei volle Stunden, in denen er getötet werden konnte, bevor das Skäische Tor geschlossen wurde.«

»Ich ging zum Tempel und opferte Hera eine Ziege.«

Sehr passend, dachte ich, aber die Erwähnung der Kuhgesichtigen Herrin ist nicht gerade der Schlüssel zu meinem Herzen. »Laß dir was anderes einfallen, Paris.«

Er sah mich an, und sein Blick glitt zur Seite. »Tatsächlich war ich an einem Ort, wo Männer hingehen …«

»In einem *Bordell*, wo du doch Helena hast?« fragte ich ungläubig.

»Zeus im Himmel, nein. Dazu hätte ich nicht die Kraft. Wir sitzen nur herum und trinken und bringen die Welt wieder in Ordnung, oder wir gehen in die Turnhalle und üben die Heldentaten, zu denen mich Hektor dauernd anstachelt.«

»Irgendwann könntest du ja auch mal deinen Mut zusammennehmen und hinausgehen und kämpfen«, meinte ich sarkastisch.

Der kesse Bursche war so frech, zu lachen. »Es gibt zehn oder mehr Leute, die sich für mich verbürgen.«

»Und da warst du bis um sechs?«

»Viertel nach sieben«, sagte er selbstgefällig.

Ich hatte immer ein bißchen Angst vor Hektor, also nahm ich Äneas mit. Ich kann Männer nicht leiden, die brüllen, und Hektor kann sehr gut brüllen, wenn er nicht gerade den Griechen seine glänzende Rüstung vorführt. Das ist wahrscheinlich auch alles, was er vorführt; ich weiß nicht, wo er die Zeit hergenommen hat, einen Sohn zu zeugen. Ich kann auch Männer nicht leiden, die behaupten, sie seien aufrecht. Die verkaufen ihre eigene Großmutter, nur um zu beweisen, wie aufrecht sie sind. Ich hatte eine Erleuchtung und nahm für die Unterredung schlauerweise die Gestalt von Paris an, aber ich vermute, Helenus hatte ihm einen Wink gegeben, denn er sah mich ganz komisch an. Er brauchte sich nicht zu beunruhigen. Ich war auf dem Kriegspfad, nicht auf Liebespfaden.

Ich war ziemlich stolz auf meinen Eröffnungszug: »Mächtiger Bruder, gesegnet ist das Haus des Priamos, da du uns nun von dieser Entehrung unserer ruhmreichen Familie und meiner schändlichen Beschämung befreit hast und den glücklichen Gedanken hattest, Anchises als Spion in griechischer Kleidung in die Reihen der Griechen zu entsenden.«

»Was?« Er sah völlig verständnislos drein, also wiederholte ich den Spruch.

»Heil, Hektor, Ruhmreicher Krieger von Troja.« (Er liebt so etwas.) »Du hast mich gerächt und dann den einzigen Zeugen, den Turmwächter, getötet.«

»Und dann wolltest du Anchises, meinen geliebten Vater, loswerden«, brüllte Äneas plötzlich, »damit das Haus Priamos nicht vom trojanischen Thron gestürzt wird. Deshalb hast du dem Melonenhändler seine Kleidung angezogen und meinen Vater ins griechische Lager und in den sicheren Tod getrieben.«

»*Was?*«

»Schreit bitte nicht so.« Ich hielt mir meine zarten Öhrchen zu, bis mir einfiel, daß Paris keine zarten Öhrchen hatte, sondern im Moment einen ziemlich großen Bronzehelm trug.

»Ich wünschte nur, mir wäre das alles eingefallen, Prinz Äneas«, sagte Hektor nachdenklich.

»Vielleicht fiel es Helenus ein. Der ist klüger als du«, meinte ich hoffnungsvoll.

»Bruder, das sollst du mir büßen.« Er zog sein Schwert, und ich merkte, daß meine gegenwärtige Verkleidung auch entschiedene Nachteile hatte.

»Komm mir nicht zu nahe«, kreischte ich und kehrte in meinen eigenen schönen Körper zurück, wobei mir etwas spät einfiel, auch meine Kleidung zurückzuverwandeln.

Er fiel auf die Knie, und Äneas tat desgleichen, große Verwunderung heuchelnd. »Vergib mir, große Göttin.«

»Nur, wenn du mir sagst, wo du am Nachmittag vor drei Tagen warst.«

»Ich gebe es nicht gern zu.« Er jammerte und stöhnte und kam schließlich damit heraus. »Ich war im Bett mit Andromache.«

»Aber sie ist doch deine Frau.« Ich war ziemlich enttäuscht.

»Was ist daran verkehrt?« Er sah verblüfft aus.

»Für einen trojanischen Prinzen ist das ungewöhnlich.«

»Na ja, aber da war ich eben«, sagte er trotzig.

Nach einigen Stunden, in deren Verlauf ich mich als mein eigener Enkel, als Sklave, als Frau eines Bogenmachers und als nubische Sklavin verkleidet hatte, wanderte ich höchst verärgert zum Palast zurück. Ich hatte keine ihrer Aussagen erschüttern können. Nun blieb nur noch Priamos übrig, und ich freute mich darauf, ihn so zu erschrecken, daß er sein Königsgewand verlor. Ich entschied mich dafür, die erzürnte Göttin zu spielen, und trat in meiner ganzen Glorie (allerdings angekleidet) auf, um einen König zu grüßen – als Enkel des Zeus ist er vermutlich so etwas wie mein Neffe, der halsstarrige alte Trottel.

»Heil, Mächtiger Priamos!« Ich erschien ihm auf dem Thron neben ihm.

»Göttin!« Ungern quälte er sich für den Kniefall auf den Boden. Ich ließ ihn gewähren und fing dann an, ihn zu bezaubern. Meine Aura umströmte ihn, und Honig floß von meinen Lippen.

»Was für einen *klugen* Plan du dir ausgedacht hast, Priamos, um die Absichten der Griechen zu erfahren.«

»Was für einen?«

Ich mußte es ihm auf die einfachste Weise erklären. »Du und deine Söhne, ihr habt euch verschworen, den griechischen Spion, Helenas Liebhaber, loszuwerden und gleichzeitig damit auch Anchises.«

Er starrte mich mit offenem Munde an. Ich hatte ihn nicht für einen so guten Schauspieler gehalten.

»Wo warst du zwischen vier und sechs am Nachmittag vor drei Tagen, oder hat einer deiner Söhne das Umbringen besorgt?«

»Welches Umbringen?«

Trotz meiner liebreichen Natur schnauzte ich ihn fast an. »Von Marmedes, Diomedes' Hauptmann. Und Helenas Liebhaber.«

»Die Jungen haben mir was davon erzählt. Ich hab's ihnen natürlich nicht geglaubt.«

»Aber es muß doch deine Klugheit gewesen sein, die den Plan ersann«, schmeichelte ich.

Er verhielt sich beinahe intelligent. »Einen Griechen innerhalb der Mauern Trojas umbringen? Wenn Achilles mit der Zerbrechlichen Ferse das erführe, hätte er jeden Anlaß, den er braucht, um alle verdammten Achäer aus dem Lager zu holen und unsere Mauern zu bestürmen.«

Damit hatte er recht. »Aber wo warst du?« beharrte ich.

»Im Tempel des Zeus, große Göttin.«

Mir sank das Herz. Wenn er die Wahrheit sprach, dann war Vater sein Alibi.

Was sollte ich tun? Die Zeit wurde knapp, und ich war einer Lösung noch nicht näher gekommen. Ich beschloß, einen stillen Hain aufzusuchen, wo ich in Ruhe nachdenken konnte. Dies ist der Ort, an dem mein schöner Adonis und ich uns jeden Frühling in Liebe vereinigen, wenn der schreckliche Hades ihm erlaubt, für gewisse Zeit in meine Arme zurückzukehren. (Ich mußte ein olympisches Gerichtsurteil herbeiführen, um Hades zu zwingen, meinen Geliebten freizugeben.) Unglücklicherweise war jetzt nicht Frühling, doch der Hain wirkte trotzdem anregend auf mich.

So war mein geliebter Adonis der Auslöser meines vierten Geistesblitzes. *Mir wurde plötzlich klar, daß es eine Person gab, deren Wort ich unbesehen geglaubt hatte* – weiß der Himmel, warum. Sofort eilte ich mit beflügelten Füßen zurück zu Äneas und machte mir gar nicht erst die Mühe, ihn in Furcht zu setzen. Schließlich ist Anchises sein Vater. Ich war ganz aufgeregt.

»Komm mit, mein Sohn, ich will den Mörder des Marmedes stellen!«

»Und den meines geliebten Vaters auch?« fragte er hartnäckig.

»Ja, ja«, sagte ich ungeduldig und nahm ihn der Schnelligkeit wegen durch die Luft mit – was er überhaupt nicht mag.

Wir landeten in dem Zimmer, als sie gerade dabei war, ihr Kleid zu wechseln. Ich merkte, wie Äneas Stielaugen bekam, also ist er vielleicht doch nicht so wenig an Frauen interessiert, wie ich dachte.

»Helena«, rief ich, »*du* hast Marmedes umgebracht. War er deiner überdrüssig, schöne Helena? Wollte er dich verlassen? Wen sonst hätte er so dicht an sich herangelassen, daß er ihn umbringen konnte? Wer sonst konnte den Wächter so leicht vergiften?«

»Ich?« kreischte sie.

»Was hast du mit meinem Vater gemacht, böse Helena? Versucherin«, fügte Äneas etwas verwirrend hinzu, während sein Blick noch auf ihrem Busen ruhte, den zu bedecken sie sich bemühte.

»Liegt seine Leiche irgendwo auf einem Feld in einem fremden Land?« fragte ich scharf. Nun war es Zeit für meinen fünften Geistesblitz. Ich dachte an Önone, Paris' erste Liebe. »Nein. Ich sehe alles. Du hast Paris dazu gebracht, Önone zu überreden, daß sie Anchises gefangenhält, nicht wahr?«

Sie wurde blaß. »Dieses schlangengiftige Stück Mönchstum?«

»Von der hast du also das Gift bekommen!« rief ich triumphierend, während Helena wieder in Ohnmacht fiel.

Im goldenen Glanz meines Ruhmes kehrte ich zur Halle des Goldenen Thrones zurück zwecks eines vertraulichen Gesprächs mit Vater.

»Und damit habe ich alles bewiesen, Mächtiger Zeus«, schloß ich triumphierend meine Darlegungen. »Helena plante den Sturz des Herrscherhauses von Troja von innen heraus.«

»Aphrodite ...«

»Ich fordere die Aufhebung meiner schrecklichen Verurteilung.«

»Aphrodite ...«

Ich redete weiter: »Ich, die Göttin der Liebe und des Lachens ...«

»*Aphrodite!*« donnerte er. »Hast du tatsächlich mit Anchises gesprochen?«

»Äneas bestand darauf, daß er ihn aus den Klauen Önones befreien wolle, aber du wirst feststellen ...«

»Aphrodite, sieh dir das hier an.«

»Was ist das?« Ich brach ab, ziemlich gekränkt, weil er immer noch so grimmig dreinschaute.

»Es ist Paians Bericht über seine Autopsie der Leiche des Marmedes.«

Ich überflog ihn rasch. »Oh.« Selten hatte ich mich so unsterblich blamiert.

»Du verstehst, Aphrodite?«

Ich verstand. Der Mann war erdrosselt worden.

»Man kann sich wohl kaum vorstellen, daß Helena das getan haben soll, nicht wahr?« Vaters Stimme klang fast sanft.

»Aphrodite, wie nett, dich wieder mal zu sehen.«

Ich wünschte, ich hätte den Donnerkeil, den ich gestohlen hatte, nicht in meinem Schrank auf dem Olymp gelassen. Mit Freuden hätte ich Anchises erschlagen können. Ich hatte nicht erwartet, ihn gemütlich am Familientisch sitzen zu sehen, als ich hereinbrauste, um ein Wörtchen mit Äneas zu reden.

»Wenn du noch einmal mit meinen edlen Teilen prahlst, Anchises, dann bist du deine los«, erklärte ich ihm kurz und bündig. Das stopfte ihm den Mund. Wie hatte ich jemals an ihm Gefallen finden können? Was wir Frauen doch manchmal so fertigbringen. Ich wandte mich an unseren Sohn. »Hielt Önone Anchises gefangen, wie wir vermutet hatten?«

»Ja, Mutter.«

»Das mit der Mutter kannst du glatt vergessen«, erwiderte ich kühl. »Du lügst. Anchises war als Ehrengast dort. Jetzt weiß ich es: Önone haßt Paris und Troja und alles, was darin ist. Sie war mit euch beiden im Bunde, nicht wahr? Und du, mein geliebter Sohn, bist der Mörder von Marmedes.«

Denn inzwischen hatte ich meinen sechsten und vorerst letzten Geistesblitz.

»Es war einfach, Mächtiger Zeus«, erklärte ich bescheiden. »Ich war von der Mutterliebe verblendet, bis ich mich an ein Gespräch erinnerte, in dem Äneas Hektor beschuldigte, den Melonenhändler getötet zu haben. Aber ich hatte ihm gegenüber nie die Melonen erwähnt, sondern nur gesagt, daß Marmedes als Markthändler ging.

Ich fürchte, Vater, Äneas gab sich zu sehr mit der Politik ab und nicht mit dem Beruf seiner Mutter. Er und Anchises hegten einen Ehrgeiz. Wenn sie das Haus Priamos stürzen konnten, dann konnten sie mit den Griechen Frieden schließen und selbst den Thron besteigen. Also töteten sie Helenas griechischen Liebhaber, denn wenn die Griechen von dieser Verbindung – die *ich* nicht geheiligt hatte« – schob ich ärgerlich ein –, »erfahren hätten, dann hätten sie Helena zurückgewinnen und nach Hause segeln können, und Troja wäre unter Priamos' Herrschaft geblieben. Äneas wollte Frieden mit den Griechen um jeden Preis, selbst wenn das bedeutete, daß Troja fiele und er und Anchises mit der Gründung einer neuen Stadt belohnt würden.«

»Mit den Griechen Frieden schließen«, donnerte Zeus. »Wie kann Äneas es wagen, den Willen der Götter ändern zu wollen?«

»Helenus hat gesagt, die Vorsehung habe beschlossen, daß Troja fallen solle«, erklärte ich traurig. »Kannst du dir nicht eine andere Art und Weise dafür ausdenken, Mächtiger Zeus, als durch die Missetaten meines Sohnes? Er war sehr ungezogen, aber ich möchte doch, daß er am Leben bleibt.«

Er tätschelte zerstreut meine Schulter. »Weißt du, Aphrodite, ich hatte da gerade eine wundervolle Idee mit einem hölzernen Pferd.«